कालजयी कवि और उनका काव्य

अमीर ख़ुसरो

संपादक

माधव हाड़ा

राजपाल

ISBN : 9788195297573

पहला संस्करण : 2021 © राजपाल एण्ड सन्ज़

KAALJAYI KAVI AUR UNKA KAVYA : AMIR KHUSRO (Poetry)

Edited by Madhav Hada

राजपाल एण्ड सन्ज़

1590, मदरसा रोड, कश्मीरी गेट, दिल्ली–110006

फ़ोन : 011–23869812, 23865483, 23867791

e-mail : sales@rajpalpublishing.com

www.rajpalpublishing.com

www.facebook.com/rajpalandsons

क्रम

भूमिका

'तूती-ए-हिन्द' के नाम से विख्यात अमीर ख़ुसरो (1253–1325 ई.) बहुमुखी प्रतिभा के धनी थे। उनका असल नाम अबुल हसन यमीनुद्दीन था, लेकिन वे अमीर ख़ुसरो के नाम से ही प्रसिद्ध हुए। वे एक साथ कवि, शायर, इतिहासकार, गायक, संगीतकार, सूफ़ी-संत, राजनीतिज्ञ, भाषाविद्, कोषकार, पुस्तकालयाध्यक्ष और दार्शनिक थे। उनकी यात्रा बहुत लंबी है— उन्होंने अपनी आँखों से गुलाम वंश का पतन, ख़िलजी वंश का उत्थान और पतन और तुग़लक वंश का आरंभ देखा। उनके समय में दिल्ली के तख़्त पर 11 सुल्तान बैठे, जिनमें से वे सात के राज्याश्रय में रहे। ख़ुसरो अरबी, फ़ारसी, तुर्की और हिन्दवी के विद्वान् थे और संस्कृत का भी उनको ज्ञान था। वे फ़ारसी के अपने समय के बहुत प्रतिभाशाली और विख्यात कवि थे। प्रसिद्ध इतिहासकार ज़ियाउद्दीन बरनी ने अपने ऐतिहासिक ग्रंथ *तारीख़े- फ़िरोजशाही* में लिखा है कि ''बादशाह जलालुद्दीन फ़ीरोज़ ख़िलजी ने अमीर ख़ुसरो की एक चुलबुली फ़ारसी कविता से प्रसन्न होकर उन्हें 'अमीर' का ख़िताब दिया था, जो उन दिनों बहुत ही इज़्ज़त की बात थी। उन दिनों अमीर का ख़िताब पाने वालों का एक अपना अलग ही रुतबा व शान होती थी।'' उनकी मसनवियों और गद्य रचनाओं का ऐतिहासिक महत्त्व भी बहुत है। मध्यकालीन इतिहास में उनकी रचनाओं को 'प्रत्यक्ष और आनुभविक' साक्ष्य की तरह उद्धृत किया जाता है। ख़ुसरो को संगीत की हिन्दुस्तानी शैली का जनक माना जाता है—उन्होंने सितार और तबला बनाया। हिन्दी में लिखने वाले वे पहले कवि थे और 'हिन्दवी' शब्द का प्रयोग भी सबसे पहले उन्होंने ही किया। फ़ारसी में महारत और ख्याति के बावजूद उन्हें हिन्दवी से लगाव था और इसमें वे अपनी बात कहने में सहज महसूस करते थे। उन्होंने

एक जगह लिखा है कि ''मैं 'हिन्दुस्तान की तूती' हूँ। अगर तुम वास्तव में मुझसे कुछ जानना चाहते हो, तो हिन्दवी में पूछो। मैं तुम्हें अनुपम बातें बता सकूँगा।'' ख़ुसरो को हिन्दुस्तान से लगाव भी था : उन्होंने एक जगह हिन्दुस्तान के फूलों, कपड़ों और सौंदर्य को फ़ारस, रूम और रूस आदि से अच्छा बताया और अंत में लिखा कि ''यह देश स्वर्ग है, नहीं तो हज़रत आदम और मोर यहाँ क्यों आते।'' ख़ुसरो को अपने हिन्दुस्तानी होने पर गर्व था। *नुह सिपहर* में उन्होंने लिखा कि ''यही मेरा जन्मस्थान है और यही मेरी मातृभूमि है।'' ख़ुसरो की भारतीय लोकजीवन की पकड़ बहुत गहरी और मज़बूत थी। उनकी हिन्दवी में लिखी पहेलियाँ, मुकरियाँ, दोहे और गीत इस बात के सबूत हैं। सदियाँ बीत जाने के बाद भी ये भारतीय जनसाधारण की ज़बान पर चढ़े हुए हैं। फ़ारसी सहित कई भाषाओं के विद्वान ब्रजरत्नदास के शब्दों में, ''इनका हृदय क्या था, एक बीन थी, जो बिना बजाए ही पड़ी-पड़ी बजा करती थी।'' ख़ुसरो निज़ामुद्दीन औलिया के शिष्य होने के साथ बहुत विनम्र और मिलनसार मनुष्य भी थे। ख़ुसरो के संबंध में सबसे महत्त्वपूर्ण और उल्लेखनीय बात यह है कि उनमें धार्मिक संकीर्णता और कट्टरता बिल्कुल नहीं थी। वे इस मामले में बहुत उदार थे। उन्होंने कहा भी है, ''काफ़िरे-इश्क़म मुसलमानी मरा दरकार नीस्त। हर रगे-मन तारे गश्त: हाजते-जुन्नार नीस्त॥'' अर्थात्, ''मैं इश्क़ का काफ़िर हूँ, मुसलमानी की मुझे कोई दरकार नहीं है। मेरे शरीर की हर रग तार बन गई है, अत: मुझे जनेऊ की भी हाजत नहीं रह गई है।''

1

अमीर ख़ुसरो का जन्म 1253 ई. (651 हि.) में एटा उत्तर प्रदेश के पटियाली नामक गाँव में हुआ था। गाँव पटियाली उन दिनों मोमिनपुर या मोमिनाबाद के नाम से जाना जाता था। इस गाँव में अमीर ख़ुसरो के जन्म की बात हुमायूँ काल के इतिहासकार हामिद बिन फ़ज़्लुलल्लाह जमाली ने अपने ग्रंथ *तज़किरा सियरुल आरिफ़ीन* में कही है। तेरहवीं शताब्दी के आरंभ में, अमीर सैफ़ुद्दीन नामक एक सरदार बल्ख़ हजारा से मुग़लों के अत्याचार के कारण भागकर

भारत आया और एटा के पटियाली नामक ग्राम में रहने लगा। सौभाग्य से सुल्तान शम्सुद्दीन अल्तमश के दरबार में उसकी पहुँच जल्दी ही हो गई। भारत में उसने नवाब एमादुल्मुल्क की पुत्री से विवाह किया, जिससे उसके पहले पुत्र इज्जुद्दीन अलीशाह, दूसरे पुत्र हिसामुद्दीन अहमद और सन् 1253 ई. में पटियाली ग्राम में तीसरे पुत्र अमीर ख़ुसरो का जन्म हुआ। अमीर ख़ुसरो की माँ दौलत नाज़ हिन्दू (राजपूत) थीं। ये दिल्ली के एक रईस अमीर एमादुल्मुल्क की पुत्री थीं। ये बादशाह बलबन के युद्ध मंत्री थे और वे राजनीतिक दबाव के कारण नए-नए मुसलमान बने थे। इस्लाम धर्म ग्रहण करने के बावजूद इनके घर में सारे रीति-रिवाज हिन्दुओं के थे और उसमें गाने-बजाने और संगीत का माहौल भी था। ख़ुसरो के नाना को पान खाने का बेहद शौक था। इस पर बाद में ख़ुसरो ने *तम्बोला* नामक एक मसनवी भी लिखी। इस मिले-जुले घराने एवं दो परंपराओं के मेल का असर किशोर ख़ुसरो पर पड़ा। अपने ग्रंथ *ग़ुरतल कमाल* की भूमिका में अमीर ख़ुसरो ने अपने पिता को 'उम्मी' अर्थात् अनपढ़ कहा है, लेकिन अमीर सैफ़ुद्दीन ने अपने पुत्र अमीर ख़ुसरो की शिक्षा-दीक्षा का बहुत ही अच्छा प्रबंध किया था। अमीर ख़ुसरो की प्राथमिक शिक्षा एक मकतब (मदरसा) में हुई। वे छह बरस की उम्र से ही मदरसा जाने लगे थे। स्वयं ख़ुसरो के कथनानुसार जब उन्होंने होश सँभाला, तो उनके पिता ने उन्हें शिक्षा के लिए एक मकतब में बिठाया।

1264 ई. में इनके पिता 85 वर्ष की अवस्था में किसी लड़ाई में मारे गए, तब इनकी शिक्षा का भार इनके नाना नवाब एमादुल्मुल्क ने अपने ऊपर ले लिया। इनकी माँ ने इन्हें बहुत लाड़-प्यार से पाला। वे स्वयं पटियाली या फिर दिल्ली में अमीर रईस पिता की शानदार बड़ी हवेली में रहती थीं। नाना ने थोड़े ही दिनों में अमीर ख़ुसरो को ऐसी शिक्षा-दीक्षा दी कि ये कविता सहित कई अनुशासनों में निष्णात हो गए। युद्ध कला की बारीकियाँ भी ख़ुसरो ने पहले अपने पिता और फिर नाना से सीखीं। इनके नाना योद्धा और बहुत ही साहसी और निडर थे और उन्होंने ख़ुसरो को भी वैसी ही शिक्षा दी। युवावस्था में ख़ुसरो की मित्रता हसन देहलवी से थी, जो ख़ुद भी फ़ारसी में कविता करता था। ख़ुसरो ने अपनी पुस्तक *तुहफ़तुस्सिग्र* की भूमिका में

लिखा है कि ''ईश्वर की कृपा से मैं 12 वर्ष की अवस्था में शेर और रुबाई कहने लगा, जिसे सुनकर विद्वान् आश्चर्य करते थे और उनके आश्चर्य से मेरा उत्साह बढ़ता था। जब मैं केवल आठ बरस का था मेरी कविता की तीव्र उड़ानें आकाश को छू रही थीं तथा जब मेरे दूध के दाँत गिर रहे थे, उस समय मेरे मुँह से दीप्तिमान मोती बिखरते थे।'' यही कारण है कि वे शीघ्र ही 'तूती-ए-हिन्द' के नाम से मशहूर हो गए थे। यह नाम ख़ुसरो को ईरान देश के लोगों ने दिया। इसी समय ख़ुसरो सूफ़ी धर्म की ओर आकृष्ट हुए। दिल्ली में उस समय निज़ामुद्दीन औलिया की बड़ी धूम थी। ख़ुसरो आठ वर्ष की अवस्था में दीक्षा लेकर उनके शिष्य हो गए। उनका आचार-विचार निज़ामुद्दीन औलिया को अच्छा लगता था, वे ख़ुसरो से अत्यंत प्रसन्न रहते थे और वे इन्हें 'तुर्के-अल्लाह' के नाम से पुकारते थे। वे ख़ुसरो के संबंध में अक्सर कहा करते थे कि ''प्रलय के पश्चात न्याय के अवसर पर ईश्वर पूछेगा कि तू मृत्युलोक से क्या लाया, तो मैं ख़ुसरो को आगे कर दूँगा।'' यों तो ख़ुसरो में काव्य प्रतिभा नैसर्गिक थी फिर भी उनकी कविता के सौंदर्य को निज़ामुद्दीन औलिया का अनुग्रह माना जाता है। उन्हीं के प्रभाव से ख़ुसरो के काव्य में प्रेम, भक्ति और व्यंजना की गहराई आई। ख़ुसरो का एक बेटा था, जो बाद में फ़िरोजशाह का दरबारी बन गया। उनकी एक बेटी भी थी। उसको उपदेश देते हुए उन्होंने लिखा कि ''खबरदार, चख़ी कातना कभी न छोड़ना। झरोखे में बैठकर इधर-उधर मत झाँकना।''

अमीर ख़ुसरो ने दरबारी कवि के रूप में सबसे पहले सुल्तान ग़ियासुद्दीन बल्बन के बड़े पुत्र मुहम्मद सुल्तान का राज्याश्रय ग्रहण किया, जो उस समय मुल्तान का सूबेदार था। मुहम्मद गुणग्राहक, काव्य रसिक और उदार व्यक्ति था। उसने एक संग्रह तैयार किया था, जिसमें बीस हज़ार शे'र थे। ख़ुसरो उसके आश्रय में पाँच वर्ष तक रहे। मुग़लों ने 1285 ई. में पंजाब पर आक्रमण किया, तो मुहम्मद ने उनको दिपालपुर के युद्ध में परास्त कर भगा दिया, पर युद्ध में वह स्वयं मारा गया। ख़ुसरो, जो युद्ध में उसके साथ गए थे, मुग़लों के हाथ पकड़े जाकर हिरात और बल्ख़ ले जाए गए, जहाँ से दो वर्ष बाद ही उन्हें मुक्ति मिली। ख़ुसरो इस घटना के बाद दिल्ली के बजाय अपनी माँ के

पास पटियाली ग्राम चले गए। वहाँ कुछ समय उन्होंने आत्मचिंतन में व्यतीत किया। स्वयं ख़ुसरो ने लिखा है कि 'मैं इन्हीं अमीरों की सोहबत से कटकर माँ के साए में रहा। दुनियादारी से आँख मूँदकर गरमा-गरम ग़ज़लें लिखीं, दोहे लिखे। अपने भाई के कहने से पहला दीवान *तोहफ़तुस्सिग्र* तो तैयार किया और दूसरा दीवान *वसतुल हयात* (1284 ई.) पूरा करने में लगा था। एक तरफ़ किनारे पड़ा हुआ दिलों को गरमाने वाली ग़ज़लें लिखता रहता था। राग-रागिनियाँ बुझाता था।'' कुछ समय बाद ग़यासुद्दीन बल्बन के दरबार में जाकर इन्होंने शे'र पढ़े, जो मुहम्मद सुल्तान के शोक पर बनाए गए थे। बल्बन पर इसका ऐसा असर पड़ा कि शोक में रोने से उसे ज्वर चढ़ आया और तीसरे दिन उसका निधन हो गया। अमीर ख़ुसरो इस घटना के बाद अमीर अली मीरजामदार के साथ रहने लगे। उसके लिए उन्होंने *अस्पनामा* लिखा था और जब वह अवध का सूबेदार नियुक्त हुआ, तब वे भी वहाँ दो वर्ष तक रहे। ख़ुसरो 1288 ई. में दिल्ली लौटे और कैकुबाद के दरबार में निमंत्रित हुए। उसके आदेशानुसार इन्होंने 1289 ई. में *क्रिानुस्सादैन* नामक काव्य छ: महीने में तैयार किया। कैकुबाद 1290 ई. में मारा गया और उसके साथ ही गुलाम वंश का अंत हो गया। जलालुद्दीन ख़िलजी ने दिल्ली के तख़्त पर अधिकार कर लिया। उसके शासनकाल में ख़ुसरो की प्रतिष्ठा में ख़ासी वृद्धि हुई। ख़ुसरो से उसका संबंध पहले से ही था। जलालुद्दीन काव्यरसिक और कलाप्रेमी था। वह विद्वानों का सम्मान करता था। ख़ुसरो को वह प्रेम से 'हुदहुद' (एक सुरीला पक्षी) कहकर पुकारता था। उसने ख़ुसरो को 'अमीर' की पदवी दी। अब अबुल हसन यमीनुद्दीन 'अमीर ख़ुसरो' बन गए, इनका वज़ीफ़ा 1000 तनका (सल्तनतकाल में प्रचलित मुद्रा) सालाना तय हुआ और बादशाह के ये ख़ास मुहासिब हो गए।

अपने चाचा को मारकर अलाउद्दीन 1296 ई. में सुल्तान हुआ। ख़ास बात यह है कि ख़ुसरो का सम्मान उसके दरबार में भी जारी रहा। उसने ख़ुसरो को 'ख़ुसरुए-शाअरां' की पदवी दी और उनका वेतन 1000 तनका ही रखा। अलाउद्दीन ने ख़ुसरो के प्रति बड़ा उदार दृष्टिकोण अपनाया। ख़ुसरो ने उस काल की ऐतिहासिक घटनाओं का आँखों देखा हाल अपनी गद्य रचना

ख़ज़ाइनुल फ़ुतूह (तारीख़े-अलाई) में लिखा है। अमीर ख़ुसरो ने अलाउद्दीन के आग्रह पर *ख़ुदाए सुख़न* अर्थात् 'काव्य कला के ईश्वर माने जाने वाले कवि निज़ामी गंजवी के *ख़म्सा* का ज़वाब लिखा है, जो *ख़म्सा ए ख़ुसरो* के नाम से मशहूर है। 'ख़म्सा' का अर्थ है पाँच की संख्या वाला। ख़ुसरो ने इसमें *ख़म्से* के ही छंदों और विषयों का इस्तेमाल किया है। ख़ुसरो अपनी इस रचना को निज़ामी के *ख़म्से* से अच्छा मानते थे। ख़ुसरो की इस रचना को 'पंजगंज' भी कहते हैं। इसमें कुल मिलाकर 18000 पद हैं। कुतुबुद्दीन मुबारक शाह 1317 ई. में सुल्तान हुआ और कहते हैं कि उसने एक क़सीदे पर प्रसन्न होकर ख़ुसरो को हाथी के तौल जितना सोना और रत्न पुरस्कार में दिए। कुतुबुद्दीन मुबारक शाह को उसके वज़ीर ख़ुसरो ख़ाँ ने 1320 ई. में मार डाला और इसके साथ ख़िलजी वंश का अंत हो गया।

पंजाब से आकर ग़ाज़ी ख़ाँ ने दिल्ली पर अधिकार कर लिया और ग़ियासुद्दीन तुग़लक के नाम से वह गद्दी पर बैठा और इस तरह दिल्ली में तुग़लक़ वंश की बुनियाद रखी गई। ख़ुसरो ने इसके नाम पर अपनी अंतिम किताब *तुग़लक़नामा* लिखी। इसके बाद ख़ुसरो बंगाल चले गए और लखनौती में रहने लग गए। 1325 ई. में जब उन्हें निज़ामुद्दीन औलिया के निधन की सूचना मिली, तो वे तत्काल वहाँ से चलकर दिल्ली आ गए। ऐसा कहा जाता है कि जब ये उनकी क़ब्र के पास पहुँचे तो—'गोरी सोवे सेज पर मुख पर डारे केस। / चल ख़ुसरो घर आपने रैन भई चहुँ देस॥'—यह दोहा पढ़कर बेहोश हो गिर पड़े और बाद में वहीं मज़ार पर बैठ गए। उन्होंने अपने पास जो कुछ धन-संपदा थी, उसको ग़रीबों में बाँट दिया। कुछ ही दिनों बाद उसी वर्ष उनका निधन हो गया। उनकी क़ब्र भी निज़ामुद्दीन औलिया की कब्र के नीचे ही बनाई गई और 1605 ई. ताहिरबेग नामक अमीर ने वहाँ पर मक़बरा बनवा दिया। ख़ुसरो बड़े प्रसन्न चित्त, मिलनसार और उदार व्यक्ति थे। सुल्तानों और सरदारों से जो कुछ धन आदि उनको मिलता था वे उसे ग़रीबों में बाँट देते थे। सल्तनत के अमीर और कविसम्राट् की उपाधि मिलने पर भी ये धनी और दरिद्र, सभी से बराबर का व्यवहार करते थे।

अमीर ख़ुसरो का सर्वाधिक योगदान फ़ारसी शायरी में है। वे शायरी में अप्रतिम हैं। मिर्ज़ा ग़ालिब को हिन्दुस्तान के फ़ारसी शायरों में केवल ख़ुसरो ही अच्छे लगते थे। उन्होंने एक जगह कहा है कि ''अहले हिन्द (भारतवासियों) में सिवाय ख़ुसरो देहलवी के कोई मुसल्लिमुस्सबूत (प्रामाणिक) नहीं, मियाँ फ़ैज़ी की भी कहीं-कहीं ठीक निकल जाती है।'' उन्होंने फ़ारसी में 99 पुस्तकें लिखी हैं, जिनमें कई लाख के लगभग शे'र थे। विडंबना यह है कि फ़ारसी के इस महान कवि की अधिकांश रचनाएँ अब अनुपलब्ध हैं। अब उनके केवल बाईस ग्रंथ—(1) मसनवी *क़िरानुस्सादैन*, (2) मसनवी *मतला- उल-अनवर*, (3) मसनवी *शीरीं व ख़ुसरो*, (4) मसनवी *लैला व मजनूँ*, (5) *मसनवी ए आईना इस्कंदरी* या *सिकंदरनामा*, (6) मसनवी *हश्त बिहिश्त*, (7) मसनवी *ख़िज़्रनाम:* या *ख़िज़्र ख़ाँ देवल रानी* या *इश्किया*, (8) मसनवी *नुह सिपहर*, (9) मसनवी *तुग़लकनामा*, (10) *ख़ज़ाइनुल फ़तूह* या *तारीख़े अलाई* (11) *इंशाए ख़ुसरो* या *ख़यालाते ख़ुसरो*, (12) *रसाइलुल एजाज़* या *एजाज़े ख़ुसरवी*, (13) *अफ़ज़लुल फ़वायद*, (14) *राहतुल्मुजीं*, (15) *ख़ालिकबारी*, (16) *जवाहिरुलबह्*, (17) *मक़ाला*, (18) *क़िस्सा चहार दर्वेश*, (19) दीवान *तुह्फ़तुस्सिग्र*, (20) दीवान *वस्तुलहयात*, (21) दीवान *ग़ुर्रतुल कमाल* और (22) दीवान *बक़ीया नक़ीया* मिलते हैं, जिनमें से एक ऐतिहासिक गद्य और शेष काव्य रचनाएँ हैं।

अमीर ख़ुसरो की कविता में वैविध्य और विस्तार बहुत है। उन्होंने श्रृंगार, शांति, वीर और भक्ति आदि सभी रसों में लिखा है। ख़ुसरो की मसनवियों में इतिहास भी है, लेकिन ये मूलत: काव्य रचनाएँ हैं। ख़ुसरो का सहृदय कवि इनमें सबसे अधिक सक्रिय है। उन्होंने इनमें रूखे-सूखे विषय को सरस बनाने में अच्छी सफलता पाई है। ख़ुसरो ने मसनवियों में उस समय के सुल्तानों के भोग विलास, ऐश्वर्य, यात्रा, युद्ध आदि का ऐसा वर्णन किया है कि पढ़ते ही सब कुछ आँखों के सामने आ जाता है। *ख़म्सा ए ख़ुसरो* (पंजगंज या ख़ुसरो की पंचपदी) अमीर ख़ुसरो ने *ख़ुदाए सुख़न* अर्थात् काव्य कला के ईश्वर माने जाने वाले कवि निज़ामी गंजवी के

'ख़म्सा' के जवाब में लिखा है। इसकी रचना ख़ुसरो ने 1298 से 1301 ई. के बीच की। इसमें कुल पाँच मसनवियाँ हैं—(1) *मतला-उल-अनवर* निज़ामी के *मख़जन उल असरार* का जवाब है। कवि जामी ने इसी के अनुकरण पर अपना *तोह.फ़तुल अबरार* (अच्छे लोगों का तोह.फ़ा) लिखा था। इसमें अधिकांश धार्मिक, नैतिक तथा आध्यात्मिक बातें हैं। इसमें ख़ुसरो ने अपनी इकलौती लड़की को सीख दी है। (2) *शीरीं व ख़ुसरो* निज़ामी के *ख़ुसरो व शीरीं* का जवाब है। ख़ुसरो ने इसमें प्रेम की पीर को तीव्रतर बना दिया है। इसमें ख़ुसरो ने अपने बड़े बेटे को शिक्षा दी है। (3) *मजनूँ व लैला* निज़ामी के *लैला–मजनूँ* के जवाब में लिखी हुई रचना है, जिसमें प्रेम या शृंगारिक भावनाओं का चित्रण है। (4) *आईने सिकंदरी* की रचना ख़ुसरो ने निज़ामी के *सिकंदरनामा* की प्रतिक्रिया में की और इसमें उसने वीर रस को प्रधानता दी है। इसमें सिकंदरे आज़म और खाक़ा ने चीन की लड़ाई का वीररसात्मक वर्णन है। ख़ुसरो इसमें अपने सबसे छोटे पुत्र को शिक्षा देते लगते हैं। इसमें व्यवसाय करने के कौशल, धर्माचरण, सत्यभाषण आदि पर ज़ोर दिया गया है। (5) *हश्त-बहिश्त* निज़ामी के *ह.फ़्त पैकर* के प्रत्युत्तर में लिखी गई रचना है। इसमें ईरान के बहराम चोर और एक चीनी सुंदरी की काल्पनिक प्रेम गाथा है। इसकी कहानी के चरित्र और पृष्ठभूमि विदेशी है। इसका वह अंश बहुत प्रभावी और महत्त्वपूर्ण है, जिसमें ख़ुसरो अपनी बेटी को संबोधित कर आचार-विचार संबंधी उपदेशात्मक बातें कहते हैं। इस रचना की गणना फ़ारसी की श्रेष्ठ कृतियों में होती है। अमीर ख़ुसरो इसमें अपने उन गुरुओं का भी नामोल्लेख करते हैं, जिनसे वे प्रभावित हुए। सादी, निज़ामी, ख़ाक़ानी, सनाई एवं कमाल इस्माइल का उल्लेख इसमें आया है।

ख़ुसरो की अन्य मसनवियों में *क़िरानुस्सादैन* मुख्य है। *क़िरानुस्सादैन* शब्द का अर्थ दो शुभ तारों का मिलन है। बल्बन की मृत्यु पर उसका पौत्र कैकुबाद जब दिल्ली की गद्दी पर बैठा तब कैकुबाद का पिता नसीरुद्दीन बुग़रा ख़ाँ, जो अपने पिता के समय बंगाल का सुल्तान था, इस समाचार को सुनकर ससैन्य दिल्ली की ओर चला। कैकुबाद भी यह समाचार सुनकर बड़ी भारी सेना सहित अपने बेटे से युद्ध करने के लिए रवाना हुआ और अवध में सरयू

नदी के किनारे पर दोनों सेनाओं का आमना-सामना हुआ। दोनों के बीच इससे पहले पत्रव्यवहार हुआ और फिर समझौता हो गया। बुग़रा खाँ ने अपने पुत्र को गद्दी पर बिठा दिया और वह स्वयं बंगाल लौट गया। कहते हैं कि ख़ुसरो ने पिता-पुत्र में मेल कराने में निर्णायक भूमिका निभाई। *क़िरानुस्सादैन* में इसी घटना का 3944 शे'रों में वर्णन है। *मिफ़्ताहुल फ़ुतूह* (विजयों की कुंजी) भी ख़ुसरो की प्रसिद्ध मसनवी है, जिसमें जलालुद्दीन की चार विजयों का वर्णन, मलिक छज्जू की बग़ावत और उसको सज़ा, अवध की जीत, मुग़लों को हराना, छाइन की विजय आदि का वर्णन है। इसमें शे'रों की भरमार है। जलालुद्दीन ख़िलजी ख़ुसरो का बहुत सम्मान करते थे। उन्होंने उनको मुसहफ़दार (प्रमुख लाइब्रेरियन) और *क़ुरान* की शाही प्रति का रक्षक बना दिया।

मसनवी *ख़िज़्रनामा* में सुल्तान अलाउद्दीन ख़िलजी के पुत्र ख़िज़्र ख़ाँ और देवल देवी के प्रेम की कथा है। ख़िज़्र ख़ाँ के आग्रह पर इस मसनवी की रचना हुई। इसमें आरंभ में ग़ौरी और गुलाम वंश का वर्णन है। इसमें अलाउद्दीन ख़िलजी की मुग़लों पर विजयों का विवरण भी है। ख़ुसरो ने इसमें गुजरात, चित्तौड़, मालवा, सिवाना, तेलंगाना, मालाबार आदि पर अलाउद्दीन के आक्रमणों का विवरण भी दिया है। इसकी मुख्य कथा अलाउद्दीन के हरम में रखी गई गुजरात के रायकर्ण की स्त्री कमलादेवी की छोटी पुत्री देवल रानी से ख़िज़्र ख़ाँ के प्रेम पर आधारित है। दोनों का विवाह हुआ, लेकिन अलाउद्दीन की मृत्यु हो जाने के बाद काफ़ूर ने ख़िज़्र ख़ाँ को अंधा कर डाला। बाद में काफ़ूर को भी मुबारकशाह ने मारकर दिल्ली पर अधिकार कर लिया। इस घटनाक्रम में हुए रक्तपात का इसमें मार्मिक वर्णन है। *नुह सिपहर* (नौ आकाश) नामक मसनवी में अलाउद्दीन ख़िलजी के विलासप्रिय उत्तराधिकारी कुतुबुद्दीन मुबारक शाह की सत्तारूढ़ होने के बाद की घटनाओं का वर्णन है। इस रचना के नौ अध्यायों में से एक हिन्दुस्तान की जलवायु, पशुविद्या और भाषाओं पर लिखा गया है। *तुग़लकनामा* ख़ुसरो की ऐसी मसनवी है, जिसमें ख़िलज़ियों के पतन और तुग़लकों के उत्थान का पूरा ऐतिहासिक विवरण दर्ज है। ख़ुसरो की कुछ आरंभिक छोटी मसनवियाँ, जो उन्होंने बल्बन के समय में 16 से 19 वर्ष की उम्र के दौरान लिखीं, दीवान

तुह.फ़.फ़तुस्सिग्र (छुटपन की भेंट) में संकलित हैं। उनके दीवान *वसतुलहयात* (जीवन का मध्य) में निज़ामुद्दीन औलिया, मुहम्मद सुलतान सूबेदार मुलतान, दिपालपुर के युद्ध आदि पर मसनवियाँ हैं, जो उन्होंने 24 से 42 वर्ष की उम्र के दौरान लिखीं। उनका दीवान *बक़ीया नक़ीया* (बची हुई बातें) 50 से 64 वर्ष की अवस्था में लिखा गया है, जिसमें उस समय की प्रमुख घटनाओं पर मसनवियाँ हैं। ख़ुसरो ने फ़ारसी गद्य और पद्य के उस समय उपलब्ध सभी रूपों में इतना लिखा कि कोई ईरानी कवि भी उनकी बराबरी नहीं कर सकता। श्रीराम शर्मा ने कहा भी है कि ''फ़ारसी के बड़े-बड़े ईरानी कवि भी परिमाण और गुण, किसी दृष्टि से ख़ुसरो से समानता नहीं कर सकते। फ़िरदौसी मसनवी से आगे नहीं बढ़ सकता, सादी कसीदे को हाथ नहीं लगा सकते, अनवरी मसनवी और ग़ज़ल को छू नहीं सकता। हाफ़िज, उर्फ़ी और नज़ीरी ग़ज़ल के दायरे से बाहर नहीं निकल सकते। लेकिन अमीर साहिब की जहाँगीरी (साम्राज्य) में ग़ज़ल, रुबाई, क़सीदा, मसनवी सब कुछ दाख़िल है। किसी को उनकी हमसरी (समकक्षता) का दावा नहीं हो सकता।''

3

अमीर ख़ुसरो का इतिहास और संगीत के क्षेत्र में भी महत्त्वपूर्ण योगदान है। ख़ुसरो सैनिक और योद्धा थे और अपने आश्रयदाता शासकों के युद्ध अभियानों में उनके साथ रहते थे। उन्होंने अपनी मसनवियों में अपने आश्रयदाताओं के जीवन और युद्ध अभियानों का प्रत्यक्ष और आनुभविक विवरण दिया है, जिसकी मध्यकालीन भारतीय इतिहास के निर्धारण में बहुत महत्त्वपूर्ण भूमिका है। यह अलग बात है कि उनका विवरण बहुत प्रशंसापरक और कभी-कभी अतिरंजनापूर्ण है। मसनवियों में उनका कवित्व बहुत प्रमुख और निर्णायक है, लेकिन फिर भी ख़ुसरो की ख़ास बात यह है कि वे तथ्यों की अनदेखी नहीं करते। मसनवियों के अलावा ख़ुसरो ने अलाउद्दीन ख़िलजी के शासनकाल पर आधारित गद्य रचना *तारीख़े अलाई* (ख़जाइनउलफ़ुतूह) भी लिखी, जो सल्तनकानीन भारत को जानने-समझने के लिए एक प्रमुख स्रोत है। *तारीख़े अलाई* में 1296 ई. में अलाउद्दीन के सत्तारूढ़ होने से लेकर 1310 ई. में उसकी मालाबार विजय तक का विवरण दिया गया है।

यह रचना मूलतः साहित्यिक है, परंतु फिर भी इसका अपना ऐतिहासिक महत्त्व है, क्योंकि अलाउद्दीन ख़िलजी का समसामयिक विवरण केवल इसी पुस्तक में मिलता है। इसमें उन्होंने अलाउद्दीन ख़िलजी द्वारा गुजरात, चित्तौड़, मालवा और वारंगल की विजय के विषय में लिखा है। इसमें मलिक काफ़ूर के दक्षिण अभियानों के साथ ही अलाउद्दीन के भवनों व प्रशासनिक सुधारों का वर्णन भी किया गया है। अमीर ख़ुसरो की ख़ास बात यह है कि उन्होंने तिथियों का उल्लेख किया है, जो कमोबेश विश्वसनीय हैं। ख़ुसरो द्वारा दिया गया कालक्रम बरनी की अपेक्षा कहीं अधिक विश्वसनीय है। उनकी रचनाएँ तत्कालीन सामाजिक स्थितियों पर भी प्रकाश डालती हैं और यह ऐसा क्षेत्र है, जिसकी ओर उस समय के अन्य इतिहासकारों ने ख़ास ध्यान नहीं दिया। ख़ुसरो इतिहासकार नहीं थे, उन्होंने अपने आश्रयदाता शासकों की अतिरंजनापूर्ण सराहना की है, इसलिए वे निष्पक्ष भी नहीं हैं, फिर भी उनकी रचनाओं का ऐतिहासिक महत्त्व पर्याप्त है।

ख़ुसरो को संगीत का भी ज्ञान था और वे स्वयं अच्छे गायक थे। संगीत में उनकी शिष्य परंपरा मिलती है। संगीत का संस्कार उनको विरासत में मिला। हिन्दू से मुसलमान हुए उनके ननिहाल में गाने-बजाने की परंपरा थी। कहते हैं कि संगीत की हिन्दुस्तानी शैली की शुरुआत उन्होंने ही की। सितार और तबला के भी वे जनक माने जाते हैं। उन्होंने दक्षिण भारतीय वाद्य मृदंगम को दो भागों में बाँटकर उसका तबला बनाया। कव्वाली भी उनकी ही देन मानी जाती है और उनकी रची हुई कव्वालियाँ आज भी ख़ूब गाई जाती हैं। भारतीय रागों को फ़ारसी के रागों के साथ मिलाकर उन्होंने 15-20 नए रागों की कल्पना की, जिनमें से 5-6 आज भी चलन में हैं। तुर्की, ईरानी और भारतीय संगीत के समन्वय से उन्होंने नए राग कौल, तराना ख़याल, नक़्श, निगार, बसीत, तलाना, सोहेला आदि तैयार किए।

4

ख़ुसरो की हिन्दी कविता सदियों से चलन में है, लेकिन उसकी प्रामाणिकता को लेकर विद्वान् एक राय नहीं हैं। कुछ लोगों की धारणा है कि तेरहवीं सदी में हिन्दी या उर्दू या हिन्दुस्तानी अस्तित्व में ही नहीं थी। ख़ुसरो ने जिस तरह

हिन्दवी और खड़ी बोली का उल्लेख किया है और इनके महत्त्व पर लिखा है, उससे यह लगता है कि फ़ारसी के साथ ही उन्होंने हिन्दवी या खड़ी बोली में पर्याप्त मात्रा में लिखा होगा। यह अलग बात है कि ''ख़ुसरो ने हिन्दवी में शे'र कहे, लेकिन उन्होंने अपना हिन्दवी काव्य कभी नियमित रूप से एकत्र नहीं किया।'' उनके दीवान *ग़ुरतुल कमाल* में व्यक्त ख़ुसरो की जिन टिप्पणियों के आधार पर उनके हिन्दवी काव्य की प्रामाणिकता पर संदेह किया गया है, उन पर विस्तार से विचार करने के बाद फ़ारसी-उर्दू के विद्वान् गोपीचंद नारंग का निष्कर्ष यह है कि ''ख़ुसरो हिन्दवी में बात करने या शे'र कहने को अपनी प्रतिष्ठा के विपरीत नहीं समझते थे, वरन् उस पर उन्हें गर्व था। उन्हें हिन्दवी में अपनी 'नग़्ज़ गोई' (श्रेष्ठ काव्य रचना) और अद्भुत काव्य प्रतिभा की भी गहरी अनुभूति थी।'' मौलाना शिबली की राय उनकी ब्रज (खड़ी बोली) के बारे में बहुत ऊँची थी। उन्होंने एक जगह लिखा कि ''अमीर साहब का कलाम जिस क़दर फ़ारसी में है, उस क़दर बिरज भाषा में है। किस क़दर अफ़सोस है कि इस मजमूए के आज नामोनिशान नहीं हैं।'' दरअसल आरंभिक फ़ारसी विद्वान् ब्रज और खड़ी बोली में फ़र्क़ नहीं करते थे। ख़ुसरो ने अपने ग्रंथ *ख़ालिक़बारी* में 'हिन्दी' शब्द का पाँच बार तथा 'हिन्दवी' शब्द का तीस बार प्रयोग कर खड़ी बोली का एक तरह से नामकरण ही कर दिया—''मूश चूहा गुर्बा बिल्ली मार नाग। सोज़नो रिश्ता ब हिन्दी सूई ताग।'' उनकी राय हिन्दवी के बारे में बहुत अच्छी थी। कुछ हद तक वे उसे फ़ारसी जैसी ही मानते थे। एक जगह उन्होंने लिखा था कि ''मैं भूल में था पर अच्छी तरह सोचने पर हिन्दी भाषा फ़ारसी से कम नहीं ज्ञात हुई। सिवाय अरबी के जो प्रत्येक भाषा की मीर और सबों में मुख्य है, रूम की प्रचलित भाषाएँ समझने पर हिन्दी से कम मालूम हुई। अरबी अपनी बोली में दूसरी भाषा को नहीं मिलने देती पर फ़ारसी में यह एक कमी है कि वह बिना मेल के काम में आने योग्य नहीं है। इस कारण कि वह शुद्ध है और यह मिली हुई है, उसे प्राण और इसे शरीर कह सकते हैं। शरीर से सभी वस्तुओं का मेल हो सकता है पर प्राण से किसी का नहीं हो सकता। यमन के मूँगे से दरी के मोती की उपमा देना शोभा नहीं देता। सब से अच्छा

धन वह है जो अपने कोष में बिना मिलावट के हो और न रहने पर माँगकर पूँजी बनाना भी अच्छा है। हिन्दी भाषा भी अरबी के समान है क्योंकि उसमें भी मिलावट का स्थान नहीं है।'' हिन्दी भाषा के व्याकरण और अर्थ पर भी उन्होंने लिखा है कि ''यदि अरबी का व्याकरण नियमबद्ध है तो हिन्दी में भी उससे एक अक्षर कम नहीं है। जो इन तीनों (भाषाओं) का ज्ञान रखता है वह जानता है कि मैं न भूल कर रहा हूँ और न बढ़ाकर लिख रहा हूँ और यदि पूछो कि उसमें अर्थ न होगा तो समझ लो कि उसमें दूसरों से कम नहीं है। यदि मैं सच्चाई और न्याय के साथ हिन्दी की प्रशंसा करूँ तब तुम शंका करोगे और यदि मैं सौगंध खाऊँ तब कौन जानता है कि तुम विश्वास करोगे या नहीं? ठीक है कि मैं इतना कम जानता हूँ कि वह नदी की एक बूँद के समान है पर उसे चखने से मालूम हुआ कि जंगली पक्षी को दजल: नदी (टाइग्रीस) का जल अप्राप्य है। जो हिन्दुस्तान की गंगा से दूर है वह नील और दजल: के बारे में बहकता है। जिसने बाग़ की बुलबुल को चीन में देखा है वह हिन्दुस्तानी तूती को क्या जानेगा।''

हिन्दवी को लेकर ख़ुसरो की राय थोड़ी अलग है। उन्होंने *नुह सिपहर* में एक जगह अपने समय में प्रचलित हिन्दुस्तानी भाषाओं की सूची दी और फिर यहीं उन्होंने इन सबको 'हिन्दवी' कहा है। वे लिखते हैं कि ''सिंधी, पंजाबी, कश्मीरी, मराठी, तेलगु, गुजराती, तमिल, असमिया, बांग्ला, अवधी, दिल्ली और उसके आस-पास की भाषा को प्राचीन काल से 'हिन्दवी' नाम से जाना जाता है।'' गोपीचंद नारंग ने इस आधार पर माना है कि ''अमीर ख़ुसरो ने हिन्दुस्तान की जिन बारह भाषाओं का उल्लेख किया है, पाँचवें मिसरे में उन सबको 'हिन्दवी' कहा है, जिसका अर्थ यह है कि ख़ुद अमीर ख़ुसरो की भाषा दिल्ली निवासी होने के नाते 'देहलवी' हुई, जो इस सूची में बारहवीं भाषा है और जिसे ख़ुसरो दिल्ली और उसके आस-पास की भाषा बताते हैं मानो अमीर ख़ुसरो ने जिस हिन्दी, उर्दू या हिन्दुस्तानी में शे'र कहे हैं उसे 'देहलवी हिन्दवी' कहना चाहिए।'' कुछ विद्वान् ख़ुसरो के हिन्दवी काव्य को इस आधार पर संदिग्ध मानते हैं कि यह केवल लोकप्रियता के बल पर पीढ़ी-दर-पीढ़ी हस्तांतरित होता रहा है और इसकी कोई हस्तलिखित

पांडुलिपि नहीं मिलती, लेकिन अब ख़ुसरो के प्राचीन हिन्दवी काव्य की हस्तलिखित पांडुलिपियाँ भी मिलने लगी हैं। जर्मन शोधकर्ता डॉ. श्प्रिंगर ने 1852 ई. में 'एशियाटिक सोसायटी ऑफ़ बंगाल' के जर्नल में ख़ुसरो के हिन्दी काव्य के बारे में एक लेख लिखा था, जिसमें कुछ पांडुलिपियों का भी ज़िक्र था। उनमें से एक पांडुलिपि गोपीचंद नारंग को बर्लिन के स्टाट्स बिब्लिओथिक के श्प्रिंगर संग्रह में मिल गई, जो अब प्रकाशित है। इस पांडुलिपि में 144 पहेलियाँ ऐसी हैं, जो पहली बार प्रकाश में आई हैं।

5

ख़ुसरो का अब तक उपलब्ध हिन्दवी काव्य तीन तरह का है। उनका पहले प्रकार का हिन्दवी काव्य उनके प्रामाणिक फ़ारसी काव्य में हिन्दवी तत्त्व के रूप में मौजूद है। यह उनके दीवान *ग़ुर्रतुल कमाल, रूबाइयात-ए-पेशवराँ* और मसनवी *तुग़लक़नामा* में है। ख़ुसरो का दूसरा हिन्दवी काव्य वो है, जो उनके परवर्ती विद्वानों की किताबों में उद्धृत किया गया है। वजही, लक्ष्मीनारायण, शफ़ीक़ आदि कई विद्वानों ने उनको उद्धृत किया है। तीसरी प्रकार का ख़ुसरो का हिन्दवी काव्य वो है, जो सदियों से अपनी लोकप्रियता के कारण जनसाधारण द्वारा पीढ़ी-दर-पीढ़ी श्रुति परंपरा से हस्तांतरित होता रहा है। यह काव्य शम्सुल्लाह क़ादरी की *उर्दू-ए-क़दीम*, महमूद शीरानी की *पंजाब में उर्दू* और अमीन अब्बासी चिरैयाकोटी की *जवाहर-ए-ख़ुसरवी* सहित कई और किताबों में संकलित किया गया है। विख्यात भाषाविज्ञानी भोलानाथ तिवारी ने अमीर ख़ुसरो की हिन्दवी कविता को बारह वर्गों में विभाजित किया है—(1) पहेलियाँ, (2) मुकरियाँ, (3) निस्बतें, (4) दो सुख़न, (5) ढकोसला, (6) गीत, (7) कव्वाली, (8) फ़ारसी-हिन्दी मिश्रित छंद, (9) सूफ़ी दोहे, (10) ग़ज़ल, (11) फुटकर छंद, और (12) ख़ालिक़बारी। अमीर ख़ुसरो अपनी पहेलियों के लिए प्रसिद्ध हैं—उनकी पहेलियों को दो वर्गों—अंतर्लापिका (बूझ) और बहिर्लापिका (अबूझ) में बाँटा जा सकता है। अंतर्लापिका में कवि पहेली पूछने के साथ-साथ उसका उत्तर भी दे देता है, जबकि बहिर्लापिका में कवि केवल प्रश्न करता

है, उत्तर नहीं देता; जैसे—(1) श्याम बरन और दाँत अनेक। लचकत जैसी नारी॥ दोनों हाथ से ख़ुसरो खींचे। और कहे तू आरी॥ उत्तर-आरी और (2) आना-जाना उसका भाए। जिस घर जाए लकड़ी खाए॥ उत्तर—आरी। कहमुकरियाँ का प्रयोग सखी-सहेलियों में हास-परिहास के लिए होता है। 'मुकरी' शब्द मुकरने अर्थात् मना करने से बना है। कह-मुकरी के पहले तीन पदों में एक सखी अपने प्रियतम (साजन) को याद करती हुई उसके गुण बताती हुई दिखती है। अन्तिम पद में जब उसकी सखी उसके कथनों और संकेतों से 'साजन' अभिप्राय लगाती है, तब पहली सखी अपनी बातों से मुकर जाती है। लोक-लाज भी तो है! वह भला स्वयं ही अपने साजन की बात कैसे कर सकती है? इसलिए अपनी सहेली के 'ए सखी, साजन' कहते ही अपनी पहले कही हुई बातों से मुकर जाती है। वह साजन से एकदम अलग, परंतु पहले बताए हुए तीन लक्षणों से मिलता हुआ कोई और ही उत्तर बताती है। जैसे ''सगरी रैन मोहे संग जागा, भोर भई तो बिछरन भागा। उसके बिछड़े फाटत हिया, ए सखि सज्जन, ना सखी दीया।'' ख़ुसरो ने निस्बत शब्द अरबी भाषा से लिया है। इसका अर्थ है 'तुलना' या 'संबंध'। निस्बत का प्रयोग किन्हीं दो चीज़ों की तुलना के लिए किया जाता है। जब कवि ने दो चीज़ों की आपस में तुलना की है, तब उन्होंने निस्बतें का प्रयोग किया है; जैसे—''गहने और दरख़्त में क्या निसबत है? उत्तर—पत्ता।'' दो सुख़न में कवि दो भिन्न वस्तुओं से सम्बन्धित प्रश्न पूछता है, जिनका उत्तर एक ही होता है। दो सुख़न दो प्रकार से रचे हुए होते हैं। एक केवल हिन्दी में प्रश्न-उत्तर वाला है, जबकि दूसरे में एक प्रश्न हिन्दी में तथा दूसरा ़फारसी में पूछा जाता है; जैसे—(1) 'पान सड़ा क्यों? घोड़ा अड़ा क्यों? —फेरा न था' और (2) 'जूता क्यों न पहना? समोसा क्यों न खाया? —तला न था।' ढकोसला एक प्रकार की तुकबंदी है, जिसमें भिन्न शब्दों को जोड़कर सार्थक रूप देने का प्रयास किया जाता है; जैसे 'खीर पकाई जतन से, चरखा दिया चला। कुत्ता आया खा गया, तू बैठी ढोल बजा। ला, पानी पिला।' अमीर ख़ुसरो ने भारतीय लोक जीवन और परंपराओं को आधार बनाकर अनेक गीत लिखे हैं। ये गीत जन साधारण के जीवन से सीधे संबद्ध हैं; जैसे—''अम्मा

मेरे बाबा को भेजो जी—कि सावन आया। बेटी तेरा बाबा तो बुढ़ा री—कि सावन आया।'' अमीर ख़ुसरो कव्वाली के जनक के रूप में प्रसिद्ध हैं। धर्म, रीति, मनोरंजन और इबादत में कव्वाली का प्रयोग अधिक किया गया है। अमीर ख़ुसरो ने दो सुख़न की तरह हिन्दी-फ़ारसी मिश्रित छंद भी लिखे हैं। अमीर ख़ुसरो ने हिन्दुस्तान की सुंदरता, संस्कृति आदि को फ़ारस के देशों तक पहुँचाने के लिए फ़ारसी दोहों की भी रचना की; जैसे—''तुर्क-इ-हिन्दुस्तानियम दर हिन्दवी गोयम ज़बान। शक्कर ओ मिस्री न दारमक, ज़, अरब गोयम सुख़न।'' अर्थात् मैं हिन्दुस्तानी तुर्क हूँ। मैं हिन्दवी में जवाब देता हूँ। मेरे पास कोई मिश्री-शक्कर नहीं, जिससे मैं अरबों से बात कर सकूँ। अमीर ख़ुसरो ने हिन्दी और फ़ारसी मिश्रित ग़ज़लों की भी रचना की। उनका यह प्रयोग उर्दू में ग़ज़ल की भूमिका बना। अमीर ख़ुसरो ने हिन्दवी में अनेक फुटकर छंदों की भी रचना की, जो लोक जीवन से जुड़े हुए हैं। *ख़ालिक़बारी* उनका बहुत प्रसिद्ध कोश है। कवि ने इसमें हिन्दी और फ़ारसी के शब्दों को इस प्रकार से रखा है कि जनसाधारण को हिन्दी के साथ-साथ फ़ारसी भी समझ में आ जाए। यह ग्रंथ फ़ारसी भाषियों को हिन्दी और हिन्दी भाषियों को फ़ारसी सीखने में मदद करता है। इस ग्रंथ के ख़ुसरो के होने के संबंध में विवाद है, लेकिन अधिकांश विद्वानों की राय यह है कि यह ख़ुसरो की ही रचना है। इसके संपादक श्रीराम शर्मा का मत यह है कि हो सकता है कि इस रचना में बाद में कुछ घालमेल हुआ हो, लेकिन जनश्रुति और अन्य प्रमाणों के अनुसार यह ख़ुसरो की तेरहवीं सदी की रचना है। कुछ विद्वान् इसको जहाँगीरकालीन किसी अन्य ज़ियाउद्दीन ख़ुसरो की रचना मानते हैं, लेकिन उसके भारतीय लोकभाषाओं का ख़ुसरो जैसा ज्ञाता होने पर विद्वानों को संदेह है। *ख़ालिक़बारी* विद्वानों की राय में एकाधिक भागों में विभक्त एक महाकाय रचना थी और इसकी रचना भी तेरहवीं सदी में ही हुई होगी, लेकिन ज़ियाउद्दीन ख़ुसरो ने 1622 ई. में इसे संक्षिप्त रूप दिया। *ख़ालिक़बारी* का यही संक्षिप्त रूप अब उपलब्ध है।

ख़ुसरो के हिन्दवी काव्य में सबसे अधिक पहेलियाँ हैं। उनकी कह-मुकरियाँ, निस्बतें, दो सुख़न आदि भी पहेलियों का ही रूपांतरण हैं।

जनसाधारण में उनकी लोकप्रियता भी उनकी पहेलियों के कारण ही है। भारतीय परंपरा में पहेलियों का चलन बहुत पहले से है। ऋग्वैदिक काल से इनकी मौजूदगी के प्रमाण मिलते हैं। सातवीं सदी में बाण और *कामसूत्र* में भी पहेलियाँ मिलती हैं। संस्कृत में दंडी की *काव्यादर्श* और विश्वनाथ के *साहित्य दर्पण* सहित दूसरी साहित्यिक रचनाओं में इनकी परंपरा है। ख़ुसरो ने लोक में प्रचलित इस विधा को नया रूप दिया। भारतीय परंपरा में पहेली को काव्य की अधम (निम्न) श्रेणी में जगह दी गई है, क्योंकि उसमें रस निष्पत्ति तत्काल और अनायास नहीं होती। ख़ुसरो की कुछ पहेलियाँ ऐसी हैं, जिनका अर्थ अनायास और तत्काल खुल जाता है, जबकि उनकी कुछ पहेलियों में अर्थ या चमत्कार के खुलने में समय लगता है और कुछ में तो इसके लिए कुछ ज़्यादा ही मानसिक कवायद करनी पड़ती है। ये पहेलियाँ शब्दों के दुरूह और जटिल श्लेष और लाक्षणिक अर्थ या चमत्कार पर निर्भर करती हैं। बावजूद इसके उनकी पहेलियों का महत्त्व निर्विवाद है, क्योंकि ये भारतीय जनसाधारण के तत्कालीन सरोकारों और रुचियों का आईना हैं। ये इस बात का भी सबूत हैं कि अपने समय के फ़ारसी के महान् कवि होने के बावजूद उनके मन में भारतीय लोकजीवन के लिए सम्मान और प्रेम था। लोक भाषाओं और लोकजीवन में उनकी पैठ बहुत गहरी थी, यह उनकी उपलब्ध लोक रचनाओं से साफ़ लगता है। मुहम्मद वाहिद मिर्ज़ा ने ठीक ही लिखा है कि ''ज़बानदारी में तो शायद ही कोई उस ज़माने में उनका मुकाबला कर सकता हो इसलिए कि वो फ़ारसी के अलावा तुर्की, हिन्दी, संस्कृत और हिन्दुस्तान की कई ज़बानों से वाक़िफ़ थे।''

6

ख़ुसरो फ़ारसी के बहुत बड़े कवि थे और वे विदेशों में भारतीय फ़ारसी की शान थे। उनको इसीलिए विदेशी फ़ारसी प्रेमियों ने 'तूती-ए-हिन्द' कहा। वे एक व्यवहारकुशल अमीर और कवि थे। उन्होंने सल्तनतकाल में एक के बाद एक शासक बदलते देखे और वे सभी के प्रिय और कृपापात्र रहे। ख़ुसरो का अपने संरक्षक के साथ शुद्ध व्यावहारिक रिश्ता था और वह अपने

संरक्षक के राजनीतिक मंसूबों से अपने को अलग रखते थे। मोहम्मद हबीब ने उनके संबंध में लिखा है कि ''वह उनकी प्रशंसा के गीत गाता था, क्योंकि इससे उसको पैसा मिलता था। पूरे पचास साल रंग-बिरंगे फूल उसके सामने से गुज़र गए, जिनकी प्रशंसा में वह अत्युक्ति करता था। लेकिन ज्यों ही बबूला फूटता वह उसे भूल जाता था। क्षितिज पर कोई नया नक्षत्र उठता, कवि उसके पास चला जाता। कोई मर्त्य पूरी तरह खुश नहीं हो सकता। लेकिन अमीर ख़ुसरो का कैरियर ऐसा था, जिस पर किसी तितली को भी रश्क होता।'' जलालुद्दीन ख़िलजी और अलाउद्दीन ख़िलजी को उनसे विशेष लगाव था। वे उनका सम्मान भी बहुत करते थे। उन्होंने अपनी काव्य प्रतिभा और कौशल से अपने समय के प्रसिद्ध कवियों को चुनौती दी। उनके समय में कुछ दूसरे शायर, जैसे मसूद साद आदि भी हिन्दवी में शे'र कहने लगे थे, यह उल्लेख उन्होंने स्वयं किया है। ख़ुसरो यहीं के थे और यहाँ से उन्हें प्रेम था। उनकी रचनाओं में अन्य फ़ारसी शायरों की तरह हिन्दुस्तान विदेश नहीं है। वे इसकी जमकर सराहना करते हैं और कई जगह तो वे इसको दूसरे देशों से बेहतर कहते हैं। ख़ुसरो में धार्मिक संकीर्णता नहीं थी—वे इस मामले में उदार थे। उन्होंने भारतीय संस्कृति और लोक जीवन को बिना किसी धार्मिक-सांप्रदायिक पूर्वाग्रह के समझा और उसको अपने काव्य में जगह भी दी। उनका सबसे बड़ा योगदान हिन्दुस्तान की बोलचाल की सरल और सहज भाषा में काव्य रचना है। उनके समय में कई तरह की शास्त्रबद्ध काव्य-भाषाएँ थीं और कवि यश प्रार्थी उन्हीं का इस्तेमाल कर सकते थे। ख़ुसरो ने पहली बार बोलचाल की, अपने आस-पास की और अपने समय के जनसाधारण की भाषा को कविता की भाषा का दर्जा दिया। ख़ुसरो के लिए 'हिन्दुस्तान की तूती' यों ही इस्तेमाल नहीं होता। वे यहाँ के थे और ख़ास बात यह है कि बाहरवाले उन्हें उनकी कविता के कारण यहाँ का मानते थे।

प्रस्तुत संग्रह के लिए अमीर ख़ुसरो की हिन्दवी रचनाओं का चयन बहुत मुश्किल काम था। एक तो उनकी रचनाओं की प्रामाणिकता को लेकर विवाद है और दूसरे, इन रचनाओं में कई हाथों से गुजरने के कारण बहुत कुछ इधर-उधर हो गया है। यहाँ संकलित अधिकांश रचनाएँ नागरी प्रचारिणी

सभा द्वारा 1922 ई. में प्रकाशित भारतेंदु हरिश्चंद्र के प्रपौत्र ब्रजरत्नदास की संपादित किताब *ख़ुसरो की हिन्दी कविता* से ली गई हैं। इसमें उस समय तक उपलब्ध ख़ुसरो की अधिकांश हिन्दवी रचनाएँ संकलित की गई थीं। ब्रजरत्नदास फ़ारसी, संस्कृत और उर्दू के प्रसिद्ध विद्वान् थे। वे विद्याव्यसनी होने के साथ असाधारण किस्म के शोधार्थी भी थे। उन्होंने ये रचनाएँ विभिन्न आधिकारिक स्रोतों— *जवाहिरे ख़ुसरवी* (सं. मौलाना मुहम्मद अमीन साहिब अब्बासी चिरैयाकोटी, 1918 ई.), *नक़्ले मजलिस* (सं. हाजी शेख़ रजब अली, 1871 ई.), *आबे-हयात* (शम्सुलउल्मा मौलवी मुहम्मद हुसैन साहब आज़ाद, 1917 ई.) और *हयाते-ख़ुसरवी* (मुहम्मद सईद अहमद साहिब मारहरवी) से एकत्र की थीं। यहाँ कुछ रचनाएँ दूसरे स्रोतों से भी ली गई हैं, जिनमें से कुछ रचनाएँ डॉ. श्प्रिंगर द्वारा अन्वेषित पांडुलिपि की भी सम्मिलित हैं। *ख़ालिक़बारी* के रचनांश श्रीराम शर्मा द्वारा संपादित और नागरी प्रचारिणी सभा, वाराणसी द्वारा प्रकाशित संस्करण से लिए गए हैं। प्रस्तुत संग्रह में फ़ारसी के शब्दों को देवनागरी लिपि में लिखने की एकरूपता बनाए रखने में संस्कृत-फ़ारसी युवा विद्वान् मित्र और भारतीय उच्च अध्ययन संस्थान में अध्येता डॉ. बलराम शुक्ल ने सहयोग किया है, उन्होंने कई सुझाव भी दिए और फ़ारसी के दो सुख़न के हिन्दी अनुवाद भी किए, एतदर्थ उनका आभार! आशा है, यह संचयन सामान्य पाठकों और शोधार्थियों–विद्यार्थियों के लिए उपयोगी सिद्ध होगा।

13 अप्रैल, 2021   **—माधव हाड़ा**
भारतीय उच्च अध्ययन संस्थान,
राष्ट्रपति निवास, शिमला

बूझ पहेलियाँ

एक नार वह दाँत दँतीली।
पतली दुबली छैल छबीली॥
जब वा तिरियहिं[1] लागै भूख।
सूखे हरे चबावे रूख[2]॥
जो बताय वाही बलिहारी।
ख़ुसरो कहे वरे को आरी॥

(उत्तर : आरी)

❖ ❖ ❖

इधर को आवे उधर को जावे।
हर हर फेर काट वह खावे॥
ठहर रहे जिस दम वह नारी।
ख़ुसरो कहे वरे को आरी॥

(उत्तर : आरी)

❖ ❖ ❖

श्याम बरन[3] और दाँत अनेक।
लचकत जैसी नारी॥
दोनों हाथ से ख़ुसरो खींचे।
और कहे तू आरी॥

(उत्तर : आरी)

❖ ❖ ❖

---

1. स्त्री को 2. वृक्ष 3. वर्ण, रंग

सर जाली और पेट से ख़ाली।
पसली एक इक देख निराली
फ़िक्र मुझे है यही परेख[1]।
हाथ न गरदन मोंढा एक।

(उत्तर : मूढ़ा)

❖ ❖ ❖

पौन[2] चलत वह देह बढ़ावे।
जल पीवत वह जीव गँवावे॥
है वह प्यारी सुंदर नार[3]।
नार नहीं पर है वह नार॥

(उत्तर : आग)

❖ ❖ ❖

ऐन[4] मैन है सीप की सूरत आँखें देखी कहती है।
अन[5] खावे ना पानी पीवे देखे से वह जीती है॥
दौड़ दौड़ जमी पर दौड़े आसमान पर उड़ती है।
एक तमाशा हमने देखा हाथ पाँव नहिं रखती है॥

(उत्तर : आँख)

❖ ❖ ❖

फ़ारसी बोली आई ना[6]।
तुर्की ढूँढी पाई ना[7]॥
हिन्दी बोली आरसी[8] आए।
ख़ुसरो कहे कोइ न बताए॥

(उत्तर : आरसी)

❖ ❖ ❖

---

1. परीक्षा, परखना 2. पवन, 3. स्त्री, अग्नि 4. अयन, आँख 5. अन्न 6. नहीं आई, दर्पण 7. नहीं पाया, दर्पण; 8. शर्म-सी, दर्पण

टूटी टूट के धूप में पड़ी।
जों जों सूखी हुई-बड़ी[1]॥

(उत्तर : बड़ी)

❖ ❖ ❖

एक नार जब बन कर आवे।
मालिक अपने ऊपर बुलावे।
है वह नारी सब के गौं[2] की।
ख़ुसरो नाम लिए तो चौंकी[3]॥

(उत्तर : चौकी)

❖ ❖ ❖

घूम घुमेला लहँगा पहिने एक पाँव से रहे खड़ी।
आठ हाथ हैं उस नारी के सूरत उसकी लगे परी॥
सब कोई उसकी चाह करे हैं मुसलमान हिन्दू स्त्री।
ख़ुसरू ने यह कही पहेली दिल में अपने सोच ज़री॥

(उत्तर : छाता)

❖ ❖ ❖

बाला[4] था जब सबको भाया।
बढ़ा[5] हुआ कछु काम न आया॥
ख़ुसरू कह दिया उसका नाव।
अर्थ करो नहि छोड़ो गाँव॥

(उत्तर : दीया)

❖ ❖ ❖

---

1. बड़ी, आकार में बड़ी 2. उपयोग 3. तख़्त, चारपाई 4. छोटा, जलाया 5. बुझा हुआ, बढ़ा हुआ

नारी से तू नर भई औ श्याम बरन भइ सोय।
गली गली कूकत फिरे कोइलो[1] कोइलो लोय॥

(उत्तर : कोयला)

❖ ❖ ❖

मुसलमान के बहत्तर समझें हिन्दू के अवतार
तपश्या करे नाहर[2] भजे बानस[3] खावे मार

(उत्तर : शेर)

❖ ❖ ❖

घूम घाम के आई है औ मेरे मन को भाई है।
देखी है पर चाखी नाहीं, अल्ला की कस्म खाई है॥

(उत्तर : खाई)

❖ ❖ ❖

पान फूल वाके सर माँ है।
लड़ करे जब मद पर आहैं॥
चिट्टे काले वाके बाल।
बूझ पहेली मेरे लाल॥

(उत्तर : लाल चिड़िया)

❖ ❖ ❖

गोल मटोल और छोटा मोटा।
हरदम वह त ज़मीं पर लोटा[4]॥
ख़ुसरो कहे नहीं है झूटा।
जो ना बूझे अकिल[5] का खोटा॥

(उत्तर : लोटा)

❖ ❖ ❖

---

1. कोई लो, कोयला 2. ना हर (शिव), सिंह 3. मानस, मनुष्य 4. लौटना, पानी भरने का पात्र, लोटा 5. बुद्धि

खड़ा भी लोटा पड़ा भी लोटा।
है बैठा और कहें है लोटा॥
ख़ुसरो कहें समझ का टोटा॥

(उत्तर : लोटा)

❖ ❖ ❖

बहा करे नदी नहीं नाला।
रोवे आप रुलाने वाला
वा की हैबत[1] सबको आई।
शेर नहीं नासूर[2] सिपाही

(उत्तर : नासूर)

❖ ❖ ❖

एक नार चरन वाके चार।
स्याम बरन सूरत बदकार[3]॥
बूझो तो मुश्क है न बूझे तो गँवार॥

(उत्तर : मुश्क, कस्तूरी)

❖ ❖ ❖

सावन भादों बहुत चलत है माघ पूस में थोरी।
अमीर ख़ुसरो यों कहे तू बूझ पहेली मोरी[4]॥

(उत्तर : मोरी, नाली)

❖ ❖ ❖

अंदर है और बाहर बहे।
जो देखे सो मोरी कहे॥

(उत्तर : मोरी, नाली)

❖ ❖ ❖

---

1. भय 2. ना सूर (योद्धा), नासूर 3. दुराचारी 4. नाली, मोरी

मुझको आवे यही परंख[1]।
पैर न गर्दन मोढ़ा एक॥

(उत्तर : मूढ़ा)

❖ ❖ ❖

एक मंदिर के सहस्र दर।
हर दर में तिरिया का घर॥
बीच बीच वाके अमृत ताल।
बूझ है इसकी बड़ी मुहाल[2]॥

(उत्तर : शहद का छत्ता)

❖ ❖ ❖

एक नार तरवर से उतरी सर पर वाके पाँव।
ऐसी नार कुनार को मैं ना देखन जाँव॥

(उत्तर : मैना)

❖ ❖ ❖

हाड़ की देही उज्ज्वल रंग।
लिपटा रहे नारि के संग॥
चोरी की ना खून किया।
वाका सिर क्यों काट लिया॥

(उत्तर : नाखून)

❖ ❖ ❖

बीसों का सिर काट लिया।
ना मारा ना खून किया॥

(उत्तर : नाखून)

❖ ❖ ❖

---

1. पर्यंक, पलंग 2. दुष्कर, कठिन

जल जल चलता बसता गाँव।
बस्ती में ना वाका ठाँव॥
ख़ुसरू ने दिया वाका नाँव।
बूझ अरथ नहिं छोड़ो गाँव॥

(उत्तर : नाव)

❖ ❖ ❖

एक नार तरवर से उतरी मा सो जनम ना पायो।
बाप को नाँव जो बासे पूछओ आधो नाँव बतायो॥
आधो नाँव बतायो ख़ुसरू कौन देस की बोली।
वाको नाँव जो पूछयो मैंने अपने नाँव न बोली॥

(उत्तर : निंबोली)

❖ ❖ ❖

नर नारी की जोड़ी दीठी[1]।
जब बोले तब लागै मीठी॥
एक नहाय एक तापनहारा।
चल ख़ुसरो कर कूँच नक़्क़ारा॥

(उत्तर : नक़्क़ारा)

❖ ❖ ❖

नारंगी[2] रंगरेज की और रंगी है करतार[3]
सगरी दुनिया लेत है झूँठा नाँव पुकार

(उत्तर : नारंगी)

❖ ❖ ❖

साँस निवारत जात है और जी का हो गया काल
गई बू[4] बूदार की रही खाल की खाल

(उत्तर : खाल आहनगर, लोहार की भाथी)

---

1. दिखाई पड़ी 2. नहीं रंगी, नारंगी (एक फल) 3. विधाता 4. गंध

जे कारन पी जल गए ओर जी का करने काल
घर बिन जी तड़पन लगे सो कैसा यह जंजाल

(उत्तर : दाम माही, मछली पकड़ने का जाल)

❖ ❖ ❖

सारी देह लगावे संग[1] और जनम लेत है नार
और फ़िकर सब छोड़ दो इसका करो विचार

(उत्तर : चक़माक़–ओ–पथरी)

❖ ❖ ❖

मात नाँव धराय के और गरब दियो फैलाय
डायन से कुछ कम नहीं जो पेट में धरती[2] जाय

(उत्तर : ज़मीन)

❖ ❖ ❖

मीनमेख[3] सब तज दियो और बैठो ध्यान लगाय
अपने रस के कारने सो आय कंठ बिंधाय

(उत्तर : बंसी–ओ–माही, मछली पकड़ने की बंसी)

❖ ❖ ❖

फूल तो वा का ओखद[4] सहाय
फल सब जग के काम में आय
उजड़ी   खेती   जावे   नास
जब देखो जब पास का पास[5]

(उत्तर : कपास)

❖ ❖ ❖

---

1. पत्थर, साच 2. ज़मीन, धरती (रखती हुई) 3. छिद्रान्वेषण, मीन (मछली) 4. औषध, दवा
5. कपास, के पास

काला मुँह कर जग दिखलावे
भूला बिसरा याद दिलावे
रैन दिना चातर ग़म खाता
मूरख को लेखा नहीं आता

(उत्तर : ख़ाता–ओ–बही)

❖ ❖ ❖

नारी से नारी मिले और जनम भी लेवे नारी
उसके संग[1] की टूटते देखी उसको देखा सारी

(उत्तर : चक़माक़–ओ–पथरी)

❖ ❖ ❖

सर बल जावे नारी एक
चोटी ऊपर चोटी देख
सीना बा का सबको भावे
सभी जगत के काम में आवे

(उत्तर : सोज़न, सूई)

❖ ❖ ❖

एक नार है घेर घुमैली
भीतर वाके लकड़ी मैली
फिरा करे चलने की आन
उसकी इसमें बूझ आसान

(उत्तर : सान, धार देने वाला पत्थर)

❖ ❖ ❖

---

1. साथ, पत्थर

बंद किए से निकला जाय
छोड़ दिये से जावे आय
मूरख को देही नहीं सूझे
ज्ञानी हो इक दम में बूझे

(उत्तर : दम, साँस)

❖ ❖ ❖

जिसके वो पैरों पड़ी उसका जी घबराय
बहुत दुखों से कदम उठे और राह न निबड़ी[1] जाय

(उत्तर : बेड़ी)

❖ ❖ ❖

सागर बासा भोजन रक्त फूल रहत है क्यूँ
सीस छेद जब दह लिया फिर वो जोंकी तो

(उत्तर : जोंक)

❖ ❖ ❖

कोई चातर बूझ का देखे कर सों नारी चलते देखे

(उत्तर : नब्ज़)

❖ ❖ ❖

नर नारी कहलाती है और बिन वर्षा जल जाती है
पुरुख से आवे पुरुख में जावे न दी किसी ने बूझ बताय

(उत्तर : नदी)

❖ ❖ ❖

---

1. निवृत्त, निबटी

माता वाकी यार कहावे धरती नीचू नगरी
मार मार[1] चहुँ देस करत हैं मरती दुनिया सगरी

(उत्तर : साँप)

❖ ❖ ❖

जल जावे पर जले नहीं और बिना चोब[2] का डेरा
बल बल आवे बैठे जावे पल में कितने बेरा[3]

(उत्तर : हबाब, बुलबुला)

❖ ❖ ❖

एक पुरुख ऊ बाराँ[4] नाम
देखे नहीं सुबह और शाम
बरस दिन में जाता है
रैन पड़े भी आता है

(उत्तर : बाराँ, बारिश)

❖ ❖ ❖

इश्क़ में अपने दुख भरे और ऊपर हो जल जाय
आँखो देखत छल करे बैकुंठी क्यूँ कहलाय।

(उत्तर : सक्का, भिश्ती)

❖ ❖ ❖

ऊपर से वह भीगी होय और भीतर से जल जाय
फ़िक्र जुगत में नाजी बूझे बैकुंठी[5] क्यूँ कहलाय

(उत्तर : मशक)

❖ ❖ ❖

---

1. साँप, मारना 2. लकड़ी 3. बार 4. वह आदमी जो कुएँ पर खड़ा होकर भरकर निकले हुए
चड़स या मोट का पानी गिराता है, बारिश 5. भिश्ती, स्वर्ग से संबंधित

मुँह खोले जब तिरिया आई। ढीले हो गए सभी सिपाही
कोई सोना[1] लेने जाता है। वह सोना आप ही आता है

(उत्तर : ख़्वाब)

❖ ❖ ❖

समझे रहो यह जावेगी
और गोर[2] ही मुँह दिखलावेगी
जान बूझ क्यों रोता है
यहाँ फ़िक्र किए क्या होता है

(उत्तर : जान)

❖ ❖ ❖

सौ सौ रंग से आती है और बुरे दिनों में जाती है
ऐसे मतवाली है पर नहीं फ़िक्र से खाली है

(उत्तर : मति, बुद्धि)

❖ ❖ ❖

गला कटे वो चूँ न[3] करे और मुँह रक्त बहाय
सो प्यारी बातें करे फ़िक्र कथा दिखलाय

(उत्तर : पान)

❖ ❖ ❖

कर अश्नान[4] सभा में बैठी।
नीची थी पर ऊँची बैठी
ऐसी नार करम की हीनी।
जिन देखा तिन थू थू कीनी

(उत्तर : उगालदान, पीकदान)

❖ ❖ ❖

---

1. स्वर्ण, सोना (शयन) 2. कब्र 3. चूँ न करें, चूना 4. स्नान

नर नारी को जो नर भाय।
यह दुख उस पर होवे हाय
टुकड़े हो और कुछ न कहे।
सीस कटे तो पड़ा रहे

(उत्तर : कपड़ा)

❖ ❖ ❖

आधा अरना[1] सारा हाथी[2]
जो देखे सो लगावे छाती

(उत्तर : अरगजा, चंदन)

❖ ❖ ❖

बाघ तो कहने में कहलावे
और सुख उससे आलम पावे

(उत्तर : पलंग, चीता)

❖ ❖ ❖

जो कपड़ों में होवे कम
आधा काटो रहे ख़सम[3]

(उत्तर : टोपी)

❖ ❖ ❖

एक बिरवा का अचरज लेखा
मोती फलते वा में देखा
जहाँ से उपजे वहीं समाय
जो गिरे सो जल जल जाय[4]

(उत्तर : .फ़व्वारा)

---

1. जंगली भैंसा 2. गज 3. पति 4. नष्ट हो जाए (जल जाए), जल (पानी)

बिन बूझ पहेलियाँ

सब सखियन का पिया प्यारा
सबमें है और सबसों न्यारा
वा की आन मुझे ये भा
जाकी है बिन देखे चा
(उत्तर : दर हम्द-ए-इलाही[1], ईश्वर)

❖ ❖ ❖

सब कोई उसको जाने है
पर एक नहीं पहचाने है
आठ घड़ी में लेखा है
फ़िक्र किया उन देखा है
(उत्तर : हम्द-ए-इलाही, ईश्वर)

❖ ❖ ❖

झिलमिल का कुआँ रतन[2] की क्यारी।
बताओ तो बताओ नहीं तो दूंगी गारी॥
(उत्तर : दर्पण)

❖ ❖ ❖

आना जाना उसका भाए।
जिस घर जाए लकड़ी खाए॥
(उत्तर : आरी)

❖ ❖ ❖

---

1. दर हम्द-ए-इलाही जल्ल:जलालुहु-ओ-इज्ज ओ शानहू 2. रत्न

एक थाल मोती से भरा।
सबके सिर पर औंधा[1] धरा॥
चारों ओर वह थाली फिरे।
मोती उससे एक न गिरे॥

(उत्तर : आकाश)

❖ ❖ ❖

एक पेड़ रेती में होवे।
बिन पानी दिए हरा रहे॥
पानी दिए से वह जल जाय।
आँख लगे अंध हो जाय॥

(उत्तर : आँख)

❖ ❖ ❖

जा घर लाल बलैया जाय।
वाके[2] घर में दुंद मचाय॥
लाखन मन पानी पी जाय।
धरा ढका सब घर का खाय॥

(उत्तर : आटा)

❖ ❖ ❖

एक पुरुख जब मद पर आय।
लाखों नारी सँग लपटाय॥
जब वह नारी मद[3] पर आय।
तब वह नारी नर कहलाय॥

(उत्तर : आम)

❖ ❖ ❖

---

1. उल्टा 2. उसके 3. नशा

आवे[1] तो अँधेरी लावे। जावे तो सब सुख ले जावे॥
क्या जानूँ वह कैसा है। जैसा देखो वैसा है॥

(उत्तर : आँख)

❖ ❖ ❖

अरथ तो इसका बूझेगा।
मुँह देखो तो सूझेगा॥

(उत्तर : दर्पण)

❖ ❖ ❖

हाथ में लीजे देखा कीजे॥

(उत्तर : दर्पण)

❖ ❖ ❖

सामने आए कर दे दो।
मारा जाय न ज़ख्मी होय॥

(उत्तर : दर्पण)

❖ ❖ ❖

स्याम बरन की है एक नारी।
माथे ऊपर लागै प्यारी॥
जो मानुस इस अरथ को खोले।
कुत्ते की वह बोली बोले॥

(उत्तर : भौं)

❖ ❖ ❖

---

1. आँख आना, आँख में कोई रोग होना

गोरी सुंदर पातली[1], केसर काले रंग।
ग्यारह देवर छोड़ के, चली जेठ के संग॥

(उत्तर : अरहर)

❖　❖　❖

एक नार जाके मुँह सात।
सो हम देखी बेंडी जात॥
आधा मानुस निगले रहे।
आँखों देखी ख़ुसरू कहे॥

(उत्तर : पैजामा)

❖　❖　❖

एक नार हो को ले बैठी।
टेढ़ी होके बिल में पैठी॥
जिसके बैठे उसे सुहाय।
ख़ुसरू उसके बल बल जाय॥

(उत्तर : पैजामा)

❖　❖　❖

आग लगे फूले फले, सींचत जावे सूख।
मैं तोहि पूछौं ऐ सखी, फूल के भीतर रूख॥

(उत्तर : अनार, आतिशबाज़ी)

❖　❖　❖

देख सखी पी की चतुराई।
हाथ लगावत चोरी आई॥

(उत्तर : ओला)

❖　❖　❖

---

1. पतली

रात समय एक सूहा[1] आया।
फूलों पातों सबको भाया॥
आग दिए वह होए रूख।
पानी दिए वह जावे सूख॥

(उत्तर : अनार, आतिशबाज़ी)

❖ ❖ ❖

गुप्त घाव तन में लगो और जिया रहत बेचैन
ओखत खाय दुख बढ़े सो करो सखी कुछ बैन

(उत्तर : इश्क़)

❖ ❖ ❖

उज्जल अति वह मोती बरनी।
पाई कंत दिए मोहि धरनी॥
जहाँ धरी थी वहाँ न पाई।
हाट बजार सभी ढूँढ़ आई॥
सुनो सखी अब कीजिए क्या।
पी माँगे तो दीजे क्या॥

(उत्तर : ओला)

❖ ❖ ❖

जल से गाढ़ो थल धरो, जल देखे कुम्हिलाय।
लाओ बसुंदर फूँक दें, जो अमर बेल हो जाय॥

(उत्तर : ईंट)

❖ ❖ ❖

---

1. गहरा लाल रंग

बाँसबरेली से एक नारी।
आई अपने बंद कटारी॥
पी[1] कुछ उसके कान में फूँके।
बोली वह सुन पी के मुँह के॥
आह पिया यह कैसी कीनी।
आग बिरह की भड़का दीनी॥

(उत्तर : बाँसुरी)

❖ ❖ ❖

एक राजा की अनोखी रानी।
नीचे से वह पीवे पानी॥

(उत्तर : दीये की बत्ती)

❖ ❖ ❖

एक नार ने अचरज किया।
साँप मार पिंजरे में दिया॥
जों जों साँप ताल को खाए।
ताल सूख साँप मर जाए॥

(उत्तर : दीया बत्ती)

❖ ❖ ❖

है वह नारी सुंदर नार।
नार[2] नहीं पर है वह नार॥
दूर से सब को छबि दिखलावे।
हाथ किसी के कभू न आवे॥

(उत्तर : बिजली)

❖ ❖ ❖

---

1. प्रियतम 2. स्त्री, अनार

आगे से वह गाँठ गठीला।
पीछे से है टेढ़ा॥
हाथ लगाए कहर खुदा का।
बूझ पहेला मेरा॥

(उत्तर : बिच्छू)

❖ ❖ ❖

भाँतिभाँति की देखी नारी।
नीर भरी है गोरी काली॥
ऊपर बसे और जग धावें।
रच्छा करे जब नीर बहावे॥

(उत्तर : बादल)

❖ ❖ ❖

एक नार नौरंगी चंगी।
वह भी नार कहावे॥
भाँतिभाँति के कपड़े पहिने।
लोगों को तरसावे॥

(उत्तर : बादल)

❖ ❖ ❖

एक अचंभा देखो चल।
सूखी लकड़ी लागे फल॥
जो कोई इस फल को खावे।
पेड़ छोड़ कहि और न जावे॥

(उत्तर : बछीं)

❖ ❖ ❖

उज्ज्वल बरन अधीन तन, एक चित दो ध्यान।
देखत में तो साधु है, पर निपट पाप की खान॥

(उत्तर : बक, बगुला)

❖ ❖ ❖

एक नार वह औषध खाए।
जिस पर थूके वह मर जाए॥
उसका पी जब छाती लाय।
अंध नहि काना हो जाय॥

(उत्तर : बंदूक)

❖ ❖ ❖

आगे आगे बहिना आई पीछे पीछे भइआ।
दाँत निकाले बाबा आए बुरका ओढ़े मैय्या॥

(उत्तर : भुट्टा)

❖ ❖ ❖

एक तरुबर का फल है तर[1]।
पहले नारी पीछे नर॥
वा फल की यह देखो चाल।
बाहर खाल और भीतर बाल॥

(उत्तर : भुट्टा)

❖ ❖ ❖

सर पर जटा गले झोली किसी गुरू का चेला है।
भर भर झोली घर को धावे उसका नाम पहेला है॥

(उत्तर : भुट्टा)

❖ ❖ ❖

---

1. तल पर, नीचे

एक गाँव में सदहा[1] कूँए, कुँए कुँए पनिहार।
मूरख तो जाने नहीं, चतुरा करे विचार॥

(उत्तर : बर्रे का छत्ता)

❖ ❖ ❖

श्यामबरन पीतांबर[2] काँधे, मुरली धरे न होय।
बिन मुरली वह नाद करत है, बिरला बूझै कोय॥

(उत्तर : भौंरा)

❖ ❖ ❖

अचरज बँगला एक बनाया। ऊपर नींव तले घर छाया॥
बाँस न बल्ली बंधन घने। कह ख़ुसरो घर कैसे बनै॥

(उत्तर : बए का घोंसला)

❖ ❖ ❖

एक नार करतार बनाई। सूहा जोड़ा पहिन के आई॥
हाथ लगाए वह शर्माय। या नारी को चतुर बताय॥

(उत्तर : बीरबहूटी[3])

❖ ❖ ❖

एक नार करतार बनाई।
ना वह कारी ना वह ब्याही॥
सूहा[4] रंगहि वाको रहै।
भाबी भाबी हर कोई कहै॥

(उत्तर : बीरबहूटी[5])

❖ ❖ ❖

---

1. सैकड़ों 2. पीला वस्त्र 3. गहरे लाल रंग का बरसाती कीड़ा 4. गहरा लाल रंग 5. **बहू**, भाभी

एक गुनी ने यह गुन कीना।
हरियल पिंजरे में दे दीना॥
देखो जादूगर का हाल।
डाले हरा निकाले लाल॥

(उत्तर : पान)

❖ ❖ ❖

हरा रूप है निज वह बात।
मुख में धरे दिखावे जात।
तीन वस्तु से अधिक पिआर।
जानिब है सबसे नर नार॥
हर एक सभा का रखे मान।
चतुराई की ठाट पहिचान॥

(उत्तर : पान)

❖ ❖ ❖

अजब तरह की है एक नार।
वाका मैं क्या करूँ विचार॥
दिन वह रहे बदी[1] के संग।
लाग रही निस[2] वाके अंग॥

(उत्तर : परछाईं)

❖ ❖ ❖

धूपों से वह पैदा होवे छाँव देख मुझायें।
एरी सखी मैं तुझ से पूछूँ हवा लगे मरजावे॥

(उत्तर : पसीना)

❖ ❖ ❖

---

1. बुराई 2. रात

एक पुरख औ नौलख[1] नारी।
सेज चढ़ी वह तिरिया सारी॥
जले पुरख देखे संसार।
इन तिरियों का यही सिंगार॥

(उत्तर : हांडी)

❖ ❖ ❖

एक पुरख औ सहसो नार।
जले पुरख देखे संसार॥
बहुत जले और होवे राख।
तब तिरियों की होवे साख॥

(उत्तर : हांडी)

❖ ❖ ❖

चाम मास वाके नहीं नेक।
हाड़ हाड़ में वाके छेद॥
मोहि अचंभो आवत ऐसे।
वामें जीउ बसत है कैसे॥

(उत्तर : पिंजरा)

❖ ❖ ❖

एक नार[2] कूँएऽ[3] में रहे।
वाका नीर खेत में बहे॥
जो कोई वाके नीर को चाखे।
फिर जीवन की आस न राखे॥

(उत्तर : तलवार)

❖ ❖ ❖

---

1. नौ लाख 2. स्त्री 3. तलवार की म्यान

खेत मैं उपजे सब कोई खाय।
घर में होवे घर खा जाय॥

(उत्तर : फूट, ककड़ी)

❖ ❖ ❖

एक नार दर सींगों से।
नित खेले उठ धींगों से॥
जिसके द्वार जाय के अड़े।
बे मानुस लिए नहीं टले॥

(उत्तर : डोली)

❖ ❖ ❖

एक कन्या ने बालक जाया।
वा बालक ने जगत सताया॥
मारा मरे न काटा जाय।
वा बालक को नारी खाय॥

(उत्तर : जाड़ा)

❖ ❖ ❖

ताना बाना जल गया जला नहीं एक तागा[1]।
घर का चोर पकड़ गया घर में मोरी में से भागा॥

(उत्तर : जाल)

❖ ❖ ❖

बिन सिर का निकला चोरी को, बिन थन की पकड़ी जाए।
दौड़ी या बिन पाओं के, बिन सिर का लिए जाय॥

(उत्तर : जाल)

❖ ❖ ❖

---

1. धागा

क्या करूँ बिन पाओं के, तुझे ले गया बिन सिर का।
क्या करूँ लंबी दुम के, तुझे खा गया बिन चोंच का लड़का॥

(उत्तर : जाल)

❖ ❖ ❖

दूध में दिया दही से लिया।

(उत्तर : जोर, जामन)

❖ ❖ ❖

काजल की कजलौटी[1] उधो, पेड़न[2] का सिंगार।
हरी डाल पै मैना बैठी, है कोइ बूझनहार॥

(उत्तर : जामुन)

❖ ❖ ❖

डाला था सब को मन भाया। टाँग उठाकर खेल बनाया॥
कमर पकड़ के दिया ढकेल। जब होवे वह पूरा खेल॥

(उत्तर : झूला)

❖ ❖ ❖

एक पुरुख बहुत गुन भरा। लेटा जागै सोवे खड़ा।
उलटा होकर डाले बेल। यह देखो करतार का खेल॥

(उत्तर : चरखा)

❖ ❖ ❖

एक नारि के हैं दो बालक, दोनों एक हि रंग।
एक फिरे एक ठाढ़ा[3] रहे, फिर भी दोनों संग॥

(उत्तर : चक्की)

❖ ❖ ❖

---

1. काजल बनाने/रखने का पात्र 2. पेड़ों का 3. खड़ा

नई की ढीली पुरानी की तंग।
बूझो तो बूझो नहीं चलो मेरे संग॥

(उत्तर : चिलम)

❖ ❖ ❖

चालीस मन की नार रखावे, सूखी जैसे तीली।
कहन को पर्दे की बीबी, पर वह रंग रंगीली॥

(उत्तर : चिलमन)

❖ ❖ ❖

मिला रहे तो नर रहे, अलग होय तो नार।
सोने का सा रंग है, कोइ चतुरा करे विचार॥

(उत्तर : चना)

❖ ❖ ❖

चटाख पटाख कब से।
हाथ पकड़ा जब से॥
आह आवे कब से।
आधा गया जब से॥
चुप चाप कब से।
सारा गया जब से॥

(उत्तर : चूड़ियाँ)

❖ ❖ ❖

तीनों तेरे हाथ में, मै फिरूँ तेरे घात में।
मैं हर फिर मारूँ तेरी, तू बूझ पहेली मेरी॥

(उत्तर : चौसर)

❖ ❖ ❖

चारों दिशा की सोलह रानी।
तीन पुरुख के हाथ बिकानी॥
मरना जीना उसके हाथ।
कभई न सोवें वह एक साथ॥

(उत्तर : चौसर)

❖ ❖ ❖

बाजों बाँधी एक छिनाल।
नित वो रहवे खोले बाल।
पी को छोड़ नफर[1] से राज़ी।
चतुरा हो सो जीत बाज़ी॥

(उत्तर : चुनरी)

❖ ❖ ❖

बाल नचे कपड़े फटे, मोती लिए उतार।
यह बिपता कैसे बनी, जो नंगी कर दई नार[2]॥

(उत्तर : भुट्टा)

❖ ❖ ❖

एक रूख में अचरज देखा डाल घनी दिखलाके।
एक है पत्ता वाके ऊपर माथ कुछ कुम्हलावे॥
सुंदर बाकी छाँव है औ सुंदर वाको रूप।
खुला रहै औ नहि कुम्हलावे जों जों लागे धूप॥

(उत्तर : छतरी)

❖ ❖ ❖

---

1. पर पुरुष 2. अग्नि

गोल गात औ सुंदर मूरत काला मुँह तिस पर खूबसूरत।
उसको जो हो महरम बूझे, सीना देख पिरोना सूझे॥

(उत्तर : छाता)

❖ ❖ ❖

अगिन कूंड में घिर गया, औ जल में किया निकास।
परदे परदे आवता, अपने पिय के पास॥

(उत्तर : हुक्के का धुआँ)

❖ ❖ ❖

सुख के कारज बना एक मंदर।
पौन न जाने वाके अंदर॥
इस मंदर की रीत दिवानी।
बुझावे आग और ओढ़ै पानी॥

(उत्तर : स्नान घर)

❖ ❖ ❖

सूली चढ़ मुसकत करे, स्याम बरन एक नार।
दो से दस से बीस[1] से, मिलत एक ही बार॥

(उत्तर : मिस्सी[2])

❖ ❖ ❖

पीके नाम से बिकत है, कामिन गोरी गात।
एक बेर दो बेर सती भइ, पिया न पूछे बात॥

(उत्तर : दीयासलाई)

❖ ❖ ❖

---

1. 2+10+20=32 दाँत 2. स्त्रियों के दाँतों की सुंदरता के लिए प्रयुक्त मंजन

स्याम बरन एक नार कहावे।
तांबा[1] अपना नाम धरावे॥
जो कोई वाको मुख पर लावे।
रती[2] से सैर हो जावे॥

(उत्तर : मिस्सी)

❖ ❖ ❖

नर से पैदा होवे नार।
हर कोइ उससे रखे प्यार॥
एक ज़मानः उसको खावे।
ख़ुसरो पेट में वह ना जावे॥

(उत्तर : धूप)

❖ ❖ ❖

ऐन पहेली तीन का गुच्छ, जिसमें एक सुंदर है।
ऐ सखी मैं तुझ से पूछूँ, दो बाहर एक अंदर है॥

(उत्तर : डोली)

❖ ❖ ❖

श्याम बरन औ सोहनी, फूलन छाई पीठ।
सब सूरन के गले पड़त है, ऐसी बन गई ढीठ॥

(उत्तर : ढाल)

❖ ❖ ❖

लोहे के चने दाँत तले पाते हैं उसको।
खाया वह नहीं जाता है, पर खाते हैं उसको॥

(उत्तर : रुपया)

❖ ❖ ❖

---

1. ताँबे का (मिस्सी शब्द मिस से बना है। मिस का अर्थ ताँबा है। मध्यकालीन मिस्सी का रंग ताम्रवर्णी होता था, इसलिए इसका नाम मिस्सी पड़ा।) 2. थोड़ा-सा, अत्यंत सुंदरी

दानाई[1] से दाँत उस पै लगाता नहि कोई।
सब उसको भुनाते हैं पै खाता नहिं कोई॥

(उत्तर : रुपया)

❖ ❖ ❖

चंद्रबदन जक्खी तन पाँव बिना वह चलता है।
उत्तर अमीर ख़ुसरो यों कहें, वह हौले हौले[2] चलता है॥

(उत्तर : रुपया)

❖ ❖ ❖

एक राजा ने महल बनाया।
एक थम पर बाने बँगला छाया॥
भोर भई जब बाजी बम।
नीचे बँगला ऊपर थम॥

(उत्तर : रूई)

❖ ❖ ❖

मोटा पतला सब को भावे।
दो मीठों[3] का नाम धरावे॥

(उत्तर : शकरकंद)

❖ ❖ ❖

एक नारी के सर पर नार।
पी के लगन में खड़ी लचार॥
सीस धुनै औ चले न ज़ोर।
रो रो कर वह करे है भोर॥

(उत्तर : दीपशिखा)

❖ ❖ ❖

---

1. बुद्धिमत्ता 2. धीरे 3. शक्कर, कंद

जब काटो तबही बढ़े, बिन काटे कुम्हिलाए।
ऐसी अद्भुत नार का, अंत न पायो जाए॥

(उत्तर : दीपशिखा)

❖ ❖ ❖

एक पुरुख का अचरज लेखा।
मोती फलती आँखों देखा॥
जहाँ से उपजे वहाँ समाय।
जो फल गिरे सो जल जल जाय॥

(उत्तर : फव्वारा)

❖ ❖ ❖

जब से तरुवर उपजा एक।
पात नहीं पर डाल अनेक॥
इस तरुवर की सीतल छाया।
नीचे एक न बैठन पाया॥

(उत्तर : फव्वारा)

❖ ❖ ❖

बात की बात ठठोली की ठठोली।
मरद की गाँठ औरत ने खोली॥

(उत्तर : ताला)

❖ ❖ ❖

भीतर चिलमन बाहर चिलमन, बीच कलेजा धड़के।
अमीर ख़ुसरो यों कहे, वह दो दो अंगुल सरके॥

(उत्तर : कैंची)

❖ ❖ ❖

आदि कटे से सब को पाले।
मध्य कटे से सब को मारे॥
अंत कटे से सबको मीठा।
ख़ुसरू वाको आँखों दीठा॥

(उत्तर : काजल)

❖ ❖ ❖

जल कर उपजे जल में रहे।
आँखों देखा ख़ुसरू कहे॥

(उत्तर : काजल)

❖ ❖ ❖

आधा मटका सारा पानी।
जो बूझे सो बड़ा गिआनी॥

(उत्तर : काजल)

❖ ❖ ❖

एक नार चातुर कहलावे।
मूरख को ना पास बुलावे।
चातुर मरद जो हाथ लगावे।
खोल सतर[1] वह आप दिखावे॥

(उत्तर : पुस्तक)

❖ ❖ ❖

कीली पर खेली[2] करे, औ पेड़ में दे दे आग।
रास ढोए घर में रखे, वह जाए रह राख॥

(उत्तर : कुम्हार)

❖ ❖ ❖

---

1. पंक्तियाँ 2. क्रीड़ा

माटी रौंदूं चक[1] धरूँ, फेरूँ बारंबार।
चातुर हो तो जान ले, मेरी जात गँवार॥

(उत्तर : कुम्हार)

❖ ❖ ❖

एक पुरुख ने ऐसी करी।
खूँटी ऊपर खेती करी॥
खेती बारी दई जलाय।
वाई के ऊपर बैठा खाय॥

(उत्तर : कुम्हार)

❖ ❖ ❖

चार अंगुल का पेड़ सवा मन का पत्ता।
फल लगे अलग अलग पक जाय इकट्ठा॥

(उत्तर : चाक)

❖ ❖ ❖

अँगूठे-सी जड़ चौड़ा पात।
छोटे बड़े फल एक ही साथ॥

(उत्तर : चाक)

❖ ❖ ❖

पानी में निस दिन रहे, जाके हाड़ न मास।
काम करे तलवार का, फिर पानी में बास॥

(उत्तर : कुम्हार का डोरा)

❖ ❖ ❖

---

1. कुम्हार का चाक

एक जानवर जल में रहे, औ मन में वाके खींच।
उछल वार खांडा[1] करे, जल का जल के बीच[2]॥

(उत्तर : कुम्हार का डोरा)

❖ ❖ ❖

गाँठ गँठीला रंग रँगीला, एक पुरुख हम देखा।
मरद इस्तरी[3] उसको रखें, उसका क्या कहूँ लेखा॥

(उत्तर : कंठा)

❖ ❖ ❖

एक कहानी मैं कहूँ, न सुन ले मेरे पूत।
बिना परों[4] वह उड़ गया, बाँध गले में सूत॥

(उत्तर : गुड्डी, पतंग)

❖ ❖ ❖

नारी काट के नर किया सब से रहे अकेला।
चलो सखी वाँ चल के देखें, नार नारी का मेला॥

(उत्तर : कुआँ)

❖ ❖ ❖

एक नार पानी पर तरे।
उसका पूरुष लटका मरे॥
जों जों खंदी गोता खाय।
दूँ दूँ भड़ुआ मारा जाय॥

(उत्तर : घड़ी, घंटा)

❖ ❖ ❖

---

1. खड्ग, तलवार 2. कुम्हार का डोरा पानी में रहता है 3. स्त्री 4. पंखे

अंबर चढ़े न भू गिरे, धरती धरे न पाँव।
चाँद सूरज ओझल बसे, वाका क्या है नाँव॥

(उत्तर : *गूलर का भुनगा[1]*)

❖ ❖ ❖

अंधा बहिरा गूँगा बोले गूँगा आप कहावे।
देख सफ़ेदी होत अँगारा गूँगे से भिड़ जावे॥
बाँस का मंदिर बाबा वासा[2] बसे का वह खाजा[3]।
संग मिले तो सिर पर रखे वाको रानी राजा॥
सी सी करके नाम बताया तामें बैठा एक।
उल्टा सीधा हर फिर देखो वही एक का एक॥
भेद पहेली में कही तू सुनले मेरे लाल।
अरबी हिन्दी फ़ारसी तीनों करो खियाल॥

(उत्तर : *लाल*)

❖ ❖ ❖

एक जानवर रंग रँगीला, बिन मारे वह रोवे।
उसकी माँ पर तीन तिलाकें, बिना बताए सोवे॥

(उत्तर : *मोर*)

❖ ❖ ❖

सर पर जाली पेट से खाली।
पसली देख एक एक निराली॥

(उत्तर : *मूढ़ा*)

❖ ❖ ❖

---

1. पंखदार कीड़ा, भौंरा 2. निवास 3. ख्वाज़ा

बाँस काटे ठायँ ठायँ नहीं को कँगुआय।
कँवल का सा फूल जैसे अंगुल अंगुल जाय॥

(उत्तर : नाव)

❖ ❖ ❖

ऊपर से वह सूखी साखी नीचे से पनहाई[1]।
एक उतरे और एक चढ़े और एक ने टाँग उठाई॥
मोटा डंडा खाने लागी यह देखो चतुराई।
अमीर ख़ुसरो यों कहे तुम अरथ देव बताई॥

(उत्तर : नाव)

❖ ❖ ❖

मीठी मीठी बात बनावे, ऐसा पुरुख़ वह किसको भावे।
बूढ़ा बाला जो कोई आए, उसके आगे सीस नवाए॥

(उत्तर : नाई)

❖ ❖ ❖

नारी[2] में नारी[3] बसे, नारी[4] में नर[5] दोय।
दो नर[6] में नारी[7] बसे, बूझे बिरला कोय॥

(उत्तर : नथ)

❖ ❖ ❖

एक नार दखिन से आई।
है वह नर और नार कहाई॥
काला मुँह कर जग दिखलावे।
मोय हरे जब वाको पावे॥

(उत्तर : नगीना)

❖ ❖ ❖

---

1. पानी से गीली 2. नाक 3. नथ 4. नथ 5. नग 6. नग 7. नथ

लाल रंग वह चिपटा चिपटा, मुँह को करके काला।
थूक लगाकर दाब दिया, जब खसम का नाम निकाला॥

(उत्तर : नगीना)

❖ ❖ ❖

बिधना[1] ने एक पुरख बनाया।
तिरिया[2] दी और नीर लगाया॥
चूक भई कुछ वासे ऐसी।
देश छोड़ भयो परदेसी॥

(उत्तर : आदमी)

❖ ❖ ❖

एक नार पिया को भानी[3]।
तन वाको सगरा जों पानी॥
आब[4] रखे पर पानी नहि।
पिया को राखे हिरदय माँह॥
जब पी को वह सुख दिखलावे।
आपहि सगरी पी हो जावे॥

(उत्तर : दर्पण)

❖ ❖ ❖

एक पुरुख की सारी देह
देही ऊपर दाँत घनेह[5]
सर पर काठ उसी के साथ
कारीगर के देखा हाथ

(उत्तर : सोहान, रेती या रेतने का यंत्र)

❖ ❖ ❖

---

1. विधाता 2. स्त्री 3. अच्छी लगी 4. पानी 5. घने, बहुत

नार चढ़ें हाथी पर खासी
जनवर बैठा बीच खवासी
पता न बिल्कुल पूछो मुझसे
कुछ महरम[1] हैं आप भी उससे

(उत्तर : आँगिया)

❖ ❖ ❖

मैं हँसूँ मेरा कंठ कराहे
मेरी हँसी पिया को नहीं भाए
पाँव पसार पिया गए लेट
दुखती चोट कनौंडी[2] भेंट

(उत्तर : बिवाई)

❖ ❖ ❖

डूबी जावे सर के बल
पाट ही पाट[3] नहीं है जल
गोते खाती जाती है
छाती अंग लगाती है

(उत्तर : सोज़न, सूई)

❖ ❖ ❖

इश्क भरा है देख ले और जगत[4] से सोता दूर
एक अचंभा हमने देखा दहरी का नासूर

(उत्तर : कुआँ)

❖ ❖ ❖

---

1. अंतरंग, परिचित 2. काने चोर कनौड़े भेंटा (पु.), जिससे आँख बचाना चाहो उससे भेंट हो जाती है 3. वस्त्र, नदी की चौड़ाई 4. कुएँ की दीवार

दिल का तो दुंबल भया और नैनन का नासूर
जो ओखत[1] से दुख कटे तो मैं भी करूँ ज़रूर

(उत्तर : इश्क़)

❖ ❖ ❖

अपने समय में एक नार आय
टुक[2] देखे और फिर छुप जाय
मोह   अचंभा   आवत   ऐसे
जल में अगन बसत है कैसे

(उत्तर—बर्क, बिजली)

❖ ❖ ❖

अपने समय इक पंछी आय
टुक देखे और फिर छुप जाय
बूझ के उठियो क़सम है तुम पर
आग बिना उजियारा दुम[3] पर

(उत्तर : जुगनू)

❖ ❖ ❖

ठौर[4] नीर पर होत है और भीतर से जल जाय
हाथी घोड़ा ऊँट शलीता[5] वाही के बल जाय

(उत्तर : पुल)

❖ ❖ ❖

देही न देखी नरम कहाय
बुरी लगे और हँसी-सी आय

(उत्तर : गुदगुदी)

❖ ❖ ❖

---

1. औषध 2. थोड़ा-सा 3. पूँछ 4. स्थान 5. टाट का एक बड़ा थैला, जिसमें खोया आदि तह करके रखा जाता है

जल का उपजा देखा जल में
काँटें हैं वाके कल कल में
गीला हो तो हाट बिकाय
सूखे से कई काम में आय

(उत्तर : सिंघाड़ा)

❖ ❖ ❖

एक पुरुख है चेचक रू
अश्नान करे है मलमल तू
कच्चा हो कुछ काम न आय
एक कर चरनों लागे पाय

(उत्तर : झाँवाँ[1])

❖ ❖ ❖

दो नर में है एक ही नार यही रहे हैं सबके द्वार
दो नर से वो नारी जूझे जब जानो जब चटपट बूझे

(उत्तर : ज़ंजीर–ओ–कुंडा)

❖ ❖ ❖

एक नारी में जब नर जाय
काला मुँह कर उलटा आय
छाती घाव अपनी सहे
मन के बचन पराये कहे

(उत्तर : दवात क़लम)

❖ ❖ ❖

---

1. ऐड़ी मलने के लिए मिट्टी को पकाकर बनाया हुआ

मुँह से उगले मुँह से खाय
मुँह से मुँह को लगाती जाय
ठोक बदन कहलाती है
हर दम में बान चलाती है

(उत्तर : तुफंग, बंदूक)

❖ ❖ ❖

बिलक बिलक[1] भोजन करे और कास कास[2] में बीठ[3]
जनवर है पर जो नहीं लेत सवारी पीठ

(उत्तर : ढेंकली[4])

❖ ❖ ❖

भूके प्यासे आते हैं वो बुजुर्ग क्यों कहलाते हैं
फ़िक्र से उनको मुँह में रखे बैकुंठों[5] में भोजन चखे

(उत्तर : रोज़ा)

❖ ❖ ❖

आई थी भोजन करन और भोजन हो गई आप
पिछलों से कहती गई कि भोजन नहीं यह पाप

(उत्तर : बंसी-ओ-माही, मछली पकड़ने की बंसी)

* * *

वो पंछी है जगत में जो बसत भुईं[6] से दूर
रैन को उनको बीना देखा[7] दिन को देखा सूर[8]

(उत्तर : चमगादड़)

* * *

---

1. बिलख-बिलख 2. बरतन 3. बीठ (पक्षियों का मल) 4. कुएँ से पानी खींचने की बाल्टी
और उससे बँधा हुआ पत्थर 5. स्वर्ग 6. ज़मीन 7. सूर्य (लाक्षणिक अर्थ अंधा) 8. जो देख सके

रैन पड़े भोजन करें और दिनों फ़कत है पौन
उलटे लटक तपशा करें जोगी नहीं वो कौन

(उत्तर : चमगादड़)

❖ ❖ ❖

एक पुरुख की सारी देह
पसली ऊपर दाँत घनेह
हाथी पर चढ़ जाता है
और दाँतों से खुजलाता है

(उत्तर : खरैरा[1])

❖ ❖ ❖

कई पती की नार कहाय
भोजन कारन बेधी जाय
दूजी बारी काम न आय
बाम्हन या जजमान बताय

(उत्तर : पतरी, पत्तल)

❖ ❖ ❖

दस नारी का एक ही नर
बस्ती बाहर वा का घर
पीठ सख़्त और पेट नरम
मुँह मीठा तासीर गरम

(उत्तर : खरबूजा)

❖ ❖ ❖

---

1. पशुओं के शरीर पर खुजली (मालिश) करने का उपकरण

पतली जैसी कामिनी और देह लचकत है सारी
मुँह नहीं और दाँत घनेरे काट खात है नारी

(उत्तर : आरी)

❖ ❖ ❖

लोहा चाबे हरना लादे बागन बागन फिरता आय
लोगन के कोसे ना मरे सब लोग कहें यह मर कब जाय

(उत्तर : अस्प, घोड़ा)

❖ ❖ ❖

जल तो जीवन मोल है और बिन जल सों कुमलाय
फिक्र अगन वो कौन सी जो पौन लगे मर जाय

(उत्तर : चराग़)

❖ ❖ ❖

दाना दाना नाते में।
सबका लेखा खाते में
कर यारी वा नारी से।
हर को भजो बिचारी[1] से

(उत्तर : तसबीह, माला)

❖ ❖ ❖

हिन्दी में नारी कहें फ़ारसी में नर कहलाय
अगन तो नेड़े[2] नहीं पर आप ही से जल जाय

(उत्तर : दरिया, नदी)

❖ ❖ ❖

---

1. विचारपूर्वक, बेचारी 2. पास

कमाई अपनी फेंक दे। और जी पर नहीं मलाल
वा से क्यूँ हट जात हैं। जो रोज़ी खाय हलाल

(उत्तर : ख़ाकरोब, झाड़ू)

❖ ❖ ❖

कर से तो बैठता नहीं। और पग से चूक न जाय
राह बाट में चलते फिरते। चरनों से लग जाय

(उत्तर : ठोकर)

❖ ❖ ❖

सुहागन नहीं नहीं वो राँड। छुटी फिरे है जैसे साँड
बस्ती में फुसलाती है। और जंगल ज़ोर दिखाती है

(उत्तर : कसबिन, वेश्या)

❖ ❖ ❖

सर कलकी[1] राजा नहीं। और छोटा पर[2] नहीं साँड
एक समय नाचा करें। कंचन नहीं न भाँड

(उत्तर : ताऊस, मोर)

❖ ❖ ❖

दो नर में है एक ही नारी।
चट पट बूझे हलका भारी।
खात[3] वचन नहीं कहती है।
और चुटिया कर में रहती है।

(उत्तर : तराज़ू)

❖ ❖ ❖

---

1. कलगी 2. पंख (संकेतित अर्थ पक्षी) 3. खाट, खराब

एक नार मुँह बाये आय
आते ही उन ओखत[1] खाये
जब नारी ने ली उबकाई
तो पै देखे न मो ही दिखाये

(उत्तर : तोप)

❖ ❖ ❖

एक तिरिया है नकचढ़ी। और हाड़ सी सारी देह
दो तालन की रानी। कहिये नैनन साथ सनेह

(उत्तर : ऐनक)

❖ ❖ ❖

एक नार है ऐसी ख़ासी। भोजन खली तेल की प्यासी
हाथ लिये ऐसे इतराय। मू[2] लगाय सिरे चढ़ जाय

(उत्तर : शाना, कंघी)

❖ ❖ ❖

दो तिरियाँ एक नाम की। और तन अंदर अक्सीर[3]
काला मुँह उनका भया। नख[4] बूझे नक्सीर[5]

(उत्तर : पिस्तान, स्तन)

❖ ❖ ❖

बिरह का मारा गया चमन में। इश्क़ छना है स्याह बरन में
जोर गुलों के सहता है। पर बोले बिन नहिं रहता है

(उत्तर : भौंरा)

❖ ❖ ❖

---

1. दवा (निगलने वाली चीज़) 2. मुँह, बाल 3. परन, औषध 4. नख (नाखून), नाक 5. नख
लगने से निकलने वाला खून

आग लगाई फुनंग[1] सो और जल[2] गई वा की जड़
एक बिरवा[3] निख बोलता सो बूझन हारा नर

(उत्तर : हुक्का)

❖ ❖ ❖

नार जगत की जीवन मूल। देहि रही है वा की फूल
छेद नहीं है नाका जैसे। पवन पेट के वा में कैसे

(उत्तर : नान, रोटी)

❖ ❖ ❖

पानी में पियासी रहे और बर से मिले तो गाभिन होय
दाना बच्चे देत है और बिरला बूझे कोय

(उत्तर : सद.फ़, सीपी)

❖ ❖ ❖

पानी में पियासी रहे और नहीं कंत[4] से भेंट
सचमुच बच्चे देत है कहाँ रखाया पेट

(उत्तर : सद.फ़, सीपी)

❖ ❖ ❖

तल[5] ऊपर के दो हैं भाई। उनका है यह काम
लड़ें भिड़ें आपस में दोनों। मिलकर करें कलाम

(उत्तर : लब)

❖ ❖ ❖

दो सर का एक पुरुख कहाय। नर नारी के आन समाय
शाम से ले करता बे भोर। बाँधा रहे नहीं वो चोर

(उत्तर : इज़ारबंद, नाड़ा)

❖ ❖ ❖

---

1. फुनगी, चोटी 2. पानी, जलना 3. लड़का, वृक्ष, पौधा 4. पति 5. तर, नीचे

एक मँढी जो कि थी सूनी[1]
भीतर वाके वाली[2] धूनी
भुई[3] पर गिरते ही जल जाय
यह अचरज धूनी बल[4] जाय

(उत्तर : गुब्बारा)

❖ ❖ ❖

बनी रंगीली शरम की बात
बेमौसम आई बरसात
यही अचंभा मुझको आय
खुशी के दिन क्यूँ रोती जाय

(उत्तर : दुल्हन)

❖ ❖ ❖

एक पुरुख में ऐसा देखा। जो थाई[5] जल जाय[6]
बिना पढ़े कुछ दम करे। और कपड़ा बल बल[7] जाय

(उत्तर : गाज़ुर, धोबी)

❖ ❖ ❖

दो नर का है एक ही नाम। बीच में उनके रहता काम
बोल न जाने सुनते संग। उन दोनों के बीच सुरंग

(उत्तर : गोश, कान)

❖ ❖ ❖

नर नारी हैं जग में एक। देही ना देखी वा की नेक
जिसके मुँह से सीधे आय। खाये पिये बिन मस्त हो जाय

(उत्तर : राग)

❖ ❖ ❖

---

1. सूनी, सोहनी 2. जलाई 3. ज़मीन 4. जलना 5. थाह 6. पानी, जलना 7. न्यौछावर होना, बल पड़ना, ऐंठ जाना

नर नारी कहलाता है। और नर नारी को आता है
गर ज़िन्दगी हो मर जाता है। पर लाग़र[1] सा कर जाता है।

(उत्तर : शेब, बुढ़ापा)

❖ ❖ ❖

खाने को वो बने नहीं पर खाते हैं
जल उपजें[2] बेसंगी[3] नहीं बनाते हैं

(उत्तर : खाता–ओ–बही)

❖ ❖ ❖

रैन दिना वो आवे जावे। यही जनम से काम बनावे
बूझ फ़िक्र से इतनी बात। किस पर बंधे दिन और रात

(उत्तर : आफ़ताब, सूर्य)

❖ ❖ ❖

चार मीत एकठे हुए और मिलकर करते भोग
फ़िक्र कहे जब बेर पड़ा तो फिर कैसे संजोग

(उत्तर : अरबा अनासिर, स्वीकृत चार तत्त्व—अग्नि, जल, वायु, मिट्टी)

❖ ❖ ❖

सब्ज़ रंग जंगल की बूटी
बात करावे सच्ची झूटीं
गुन ओगुन सब फ़िक्र भलाय
पिया लाय[4] जब मौज दिखाय

(उत्तर : बंग, भाँग)

❖ ❖ ❖

---

1. कृश, दुबला–पतला 2. कमल की जड़, बही की ओर संकेत 3. साथी, बही पर लगाया जाने वाला मोलकपत्र 4. पिया लाए, प्याला

सेत[1] बरन देखी यक नारी। पी के बिरोग पड़ी बेचारी
नकसुक[2] सों निकसत[3] यक अंग। प्रान गए पीतम के संग

(उत्तर : केंचुल साँप)

❖ ❖ ❖

काठ की गाड़ी मिट्टी का बाछा[4]। दूध पिए तो आछा-आछा
बेड़ी पहन दुहावन जाय। थन काटे तब दूध बहाय

(उत्तर : ताड़ी)

❖ ❖ ❖

कमर पकड़ के दिया ढकेल
तब देखो कुदरत का खेल

(उत्तर : झूला)

❖ ❖ ❖

आधी महँगी सारी सस्ती
सारा जंगल आधी बस्ती

(उत्तर : बुलबुल)

❖ ❖ ❖

एक अजाइब[5] बिरवा देखा
नीचे उसके छाँह घनी
फूल न लावे फल उतरे हैं
बूझे वा को बड़ा गुनी

(उत्तर : चाक कुम्हार)

❖ ❖ ❖

---

1. श्वेत 2. नखशिख 3. निकलना 4. बछड़ा 5. अजीब

एक नार दो नानख रीझी।
नार टेढ़ी और माँग सीधी

(उत्तर : नथ)

❖ ❖ ❖

कह मुकरियाँ

बरसा बरस वह देस में आवे।
मुँह से मुँह लगा रस प्यावे[1]॥
वा खातिर में खरचे दाम।
ऐ सखी साजन ना सखी आम॥

❖ ❖ ❖

सोभा सदा बढ़ावन हारा।
आँखों ते छिन होत न न्यारा॥
आए फिर मर मन रंजन।
ऐ सखी साजन ना सखी अंजन[2]॥

❖ ❖ ❖

कसके छाती पकड़े रहे।
मुँह से बोले न बात कहे॥
लगा है कामिनि[3] का रँगिया।
ऐ सखी साजन ना सखी अँगिया॥

❖ ❖ ❖

बन में रहे वह तिरछी[4] खड़ी।
देख सके मेरे पीछे पड़ी॥
उन बिन मेरा कौन हवाल[5]।
ऐ सखी साजन ना सखी बाल॥

❖ ❖ ❖

---

1. पिलाता है 2. काजल 3. सुंदर स्त्री 4. टेढ़ी 5. अवस्था, हालत

पड़ी थी मैं अचानक चढ़ आयो।
जब उतरवा तो पसीनो आयो॥
सहम गई नहि सकी पुकार।
ऐ सखी साजन ना सखी बुखार॥

❖ ❖ ❖

आँख चलावे भौं मटकावे।
नाच कूद के खेल खिलावे॥
मन में आवे ले जाऊँ अंदर।
ऐ सखी साजन ना सखी बंदर॥

❖ ❖ ❖

उछल कूद के वह जो आया।
धरा ढँका वह सब कुछ खाया॥
दौड़ झपट जा बैठा अंदर।
ऐ सखी साजन ना सखी बंदर॥

❖ ❖ ❖

छोटा छोटा अधिक सोहाना।
जो देखे सो होय दिवाना॥
कभी वह बाहर कभी वह अंदर।
ऐ सखी साजन ना सखी बंदर॥

❖ ❖ ❖

सेज रंग मेहंदी पर धावे।
कर छूवत नैनन चढ़ जावे॥
बैठत उठत मड़ोड़त[1] अंग।
ऐ सखी साजन ना सखी भंग॥

❖ ❖ ❖

---

1. मरोड़ता है

हरा रंग मोहिं लागत नीको[1]।
वा बिन जग लागत है फीको॥
उतरत चढ़त मड़ोड़त अंग।
ऐ सखी साजन ना सखी भंग॥

❖ ❖ ❖

वाको रगड़ा नीको लागै।
चढ़े जो बन पर मजा दिखावे॥
उतरत मुँह का फीका रंग।
ऐ सखी साजन ना सखी भंग॥

❖ ❖ ❖

मो ख़ातिर बजार से आवे।
करे सिंगार तब चूमा पावे॥
मन बिगड़े नित राखत मान।
ऐ सखी साजन ना सखी पान॥

❖ ❖ ❖

बन ठन के सिंगार करे।
धर[2] मुँह पर मुँह प्यार करे।
प्यार से मोपै देत है जान।
ऐ सखी साजन ना सखी पान॥

❖ ❖ ❖

वा बिन मोको चैन न आवे।
वह मेरी तिस[3] आन बुझावे॥
है वह सब गुन बारह बानी।
ऐ सखी साजन ना सखी पानी॥

❖ ❖ ❖

---

1. अच्छा 2. रखकर 3. तृषा, प्यास

आप हले वह मोय हिलावे।
वाका हिलना मोको भावे॥
हिल हिल के वह हुआ नसंखा[1]।
ऐ सखी साजन ना सखी पंखा॥

❖ ❖ ❖

छठे छमाहे मेरे घर आवे।
आप हले और मोय हलावे॥
नाम लेत मोय आवे संक्खा[2]।
ऐ सखी साजन ना सखी पंखा॥

❖ ❖ ❖

रात दिना जाको है गौन[3]।
खुले द्वार वह आवे मौन॥
वाको हर एक बतावे कौन।
ऐ सखी साजन ना सखी पौन॥

❖ ❖ ❖

हाट चलत मैं पड़ा जो पाया।
खोटा खरा मैं ना परखाया॥
ना जानूँ वह हैगा[4] कैसा।
ऐ सखी साजन ना सखी पैसा॥

❖ ❖ ❖

रात समय वह मेरे घर आवे।
भोर भए बत घर उठ जावे॥
यह अचरज है सबसे न्यारा।
ऐ सखी साजन ना सखी तारा॥

❖ ❖ ❖

---

1. निस्संकोच 2. संकोच 3. गमन 4. होगा

मद भर जोर हमें दिखलावे।
मुफत मेरे छाती चढ़ आवे॥
छूट गया सब पूजा जप।
ऐ सखी साजन ना सखी तप॥

❖ ❖ ❖

घर आवे मुख फेर धरें।
दें दुहाई मन को हरे॥
कभू करत हैं मीठे बैन।
कभू करत है रूखे नैन॥
ऐसा जग में कोऊ होता।
ऐ सखी साजन ना सखी तोता॥

❖ ❖ ❖

ऊँची अटारी पलँग बिछायो।
मैं सोई मेरे सिर पर आयो॥
खुल गईं अँखियाँ भई अनंद।
ऐ सखी साजन ना सखी चंद॥

❖ ❖ ❖

नित मेरे घर वह आवत है।
रात गए फिर वह जावत है॥
फँसत अमावस गोरि के फंदा।
ऐ सखी साजन ना सखी चंदा॥

❖ ❖ ❖

अति सारँग है रंग रँगीलो।
औ गुनवंत बहुत चटकीलो॥
राम भजन बिन कभू न सोता।
ऐ सखी साजन ना सखी तोता॥

❖ ❖ ❖

सब्ज़[1] रंग और मुख पर लाली।
उस पीतम गल कंठी काली॥
भाव सुभाव जंगल में होता।
ऐ सखी साजन ना सखी तोता॥

❖ ❖ ❖

लौंडी[2] भेज उसे बुलवाया।
नंगी होकर मैं लगवाया॥
हमसे उससे हो गया मेल।
ऐ सखी साजन ना सखी तेल॥

❖ ❖ ❖

सुरूख़[3] सफ़ेद है वाका रंग।
सांझ फिरि मैं वाके संग॥
गले में कंठा स्याह थे गेसू[4]।
ऐ सखी साजन ना सखी टेसू॥

❖ ❖ ❖

जोर भरो है ज्वानि[5] दिखावत।
हुमुकि हुमुकि[6] मो पै चढ़ि आवत॥
पेट में पाऊँ[7] दे दे मारा।
ऐ सखी साजन ना सखी जारा॥

❖ ❖ ❖

लपट लपट के वाके सोई।
छाती से पाँव लगा के रोई॥
दाँत से दाँत बजे तो ताड़ा[8]।
ऐ सखी साजन ना सखी जाड़ा॥

❖ ❖ ❖

---

1. हरा 2. दासी 3. सुर्ख़ 4. बालों की लट, ज़ुल्फ़ 5. जवानी, यौवन 6. उत्साहित होकर 7. पाँव
8. पहचाना

टप टप चूसत तन को रस।
वासे नाहीं मेरा बस॥
लट लट के मैं हो गई पिजरा।
ऐ सखी साजन ना सखी जरा[1]॥

❖ ❖ ❖

नंगे पाँव फिरन नहिं देत।
पाँव से मिट्टी लगन नहिं देत॥
पाँव का चूमा लेत निपूता[2]।
ऐ सखी साजन ना सखी जूता॥

❖ ❖ ❖

द्वारे मोरे अलख जगावे।
भभूत बिरह के अंग लगावे॥
सिंगी[3] फूँकत फिरै वियोगी।
ऐ सखी साजन ना सखी जोगी॥

❖ ❖ ❖

आधि रात गए आयो दइमारो[4]।
सब आभरन मेरे तन से उतारो॥
इतने में सखी हो गई भोर।
ऐ सखी साजन ना सखी चोर॥

❖ ❖ ❖

मेरे घर में दीनी सेंध।
ढुलकत आवे जैसे गेंद॥
वाके आए पड़त है सोर[5]।
ऐ सखी साजन ना सखी चोर॥

❖ ❖ ❖

---

1. बुढ़ापा 2. पुत्रहीन (गाली की तरह प्रयुक्त) 3. योगियों द्वारा प्रयुक्त एक वाद्य 4. विधाता का मारा (गाली की तरह प्रयुक्त) 5. शोर

मोको तो हाथी को भावे।
घटे बढ़े पर मोय[1] न सुहावे॥
ढूँढ़ ढाँढ़ के लाई पुरा।
क्यों सखि साजन ना सखी चूड़ा॥

❖ ❖ ❖

अंगाँ मेरे लिपटा रहे,
रंग रूप का सब रस पिए॥
मैं भर जनम न वाको छोड़ा।
ऐ सखी साजन ना सखी चूड़ा॥

❖ ❖ ❖

सोलह मुद्रर या सेज प लावै।
हड्डी से हड्डी खटकावै॥
खेलत खेल है बाजी बद कर।
ऐ सखी साजन ना सखी चौसर॥

❖ ❖ ❖

न्हाय धोय सेज मेरी आयो।
ले चूमा मुँह मुँहहिं लगायो॥
इतनि बात पै थुक्कम थुक्का।
ऐ सखी साजन ना सखी हुक्का॥

❖ ❖ ❖

आप जले औ मोय जलावे।
पी पी कर मोरे मुँह आवे॥
एक मैं अब मारूँगी मुक्का।
ऐ सखी साजन ना सखी हुक्का॥

❖ ❖ ❖

---

1. मुझे

बड़ी सयानी दम[1] दे जाय।
मुँह को मेरे मिट्टी ले जाय॥
हरदम बाजे थुक्कम थुक्का।
ऐ सखी साजन ना सखी हुक्का॥

❖ ❖ ❖

रैन पड़े जब घर आवे।
वाका[2] आना म को भावे॥
कर पर्दा मैं घर में लिया।
ऐ सखी साजन ना सखी दिया॥

❖ ❖ ❖

एक सजन बह गहरा प्यारा।
जा से घर मेरा उजियारा॥
भोर भई तब विदा मैं किया।
ऐ सखी साजन ना सखी दिया॥

❖ ❖ ❖

सारि रैन मोरे संग जागा।
भोर भए तब बिछुड़न लागा॥
वाके बिछुड़त फाटे हिया।
ऐ सखी साजन ना सखी दिया॥

❖ ❖ ❖

वह आवे तब शादी होय।
उस बिन दूजा और न कोय॥
मीठे लागैं वाके बोल।
ऐ सखी साजन ना सखी ढोल॥

❖ ❖ ❖

---

1. साँस 2. उसका

एक सजन मेरे मन को भावे।
जासे मजलिस[1] खड़ी सुहावे॥
सूत सुनूँ उठ दौड़ूँ जाग।
ऐ सखी साजन ना सखी राग॥

❖ ❖ ❖

बखत बे बखत मोयँ वाकी आस।
रात दिना वह रहवत पास॥
मेरे मन को सब करत है काम।
ऐ सखी साजन ना सखी राम॥

❖ ❖ ❖

तन मन धन का है वह मालिक।
बाने[2] दिया मेरे गोद में बालक॥
वासे निकसत नीको[3] काम।
ऐ सखी साजन ना सखी राम॥

❖ ❖ ❖

द्वारे मोरे खड़ा रहे।
धूप छाँव सब सर पर सहे॥
जब देखो मोरी जाए भूख।
ऐ सखी साजन ना सखी रूख[4]॥

❖ ❖ ❖

मेरा मुँह पोंछे मोको प्यार करे।
गरमी लगे तो बयार[5] करे॥
ऐसा चाहत सुन यह हाल।
ऐ सखी साजन ना सखी रूमाल॥

❖ ❖ ❖

---

1. सभा, सत्र 2. उसने 3. अच्छा 4. वृक्ष 5. हवा

सेज पड़ी मेरे आँखों आया।
डाल सेज मोहि मज़ा दिखाया॥
किस से कहूँ मज़ा मैं अपना।
ऐ सखी साजन ना सखी सपना॥

❖ ❖ ❖

उकड़ू बैठ के माँपत है।
सौ सौ चकर देके घुमावत है॥
तब वाके रस की क्या देत बहार।
ऐ सखी साजन ना सखी सुनार॥

❖ ❖ ❖

अति सुंदर जग चाहै जाको।
मैं भी दुख भुलानी वाको॥
देख रूप भाया जो टोना।
ऐ सखी साजन ना सखी सोना॥

❖ ❖ ❖

मेरो मोसे सिंगार करावत।
आगे बैठ के मान बढ़ावत॥
वासे चिकन[1] ना कोइ दीसा।
ऐ सखी साजन ना सखी सीसा[2]॥

❖ ❖ ❖

बाट[3] चलत मोरा अचरा[4] गहे।
मेरी सुनै न अपनी कहे॥
ना कुछ मोसो झगड़ा झाँटा।
ऐ सखी साजन ना सखी काँटा॥

❖ ❖ ❖

---

1. चिकना 2. दर्पण 3. मार्ग, रास्ता 4. आँचल

दुर दुर करूँ तो दौड़ा आए।
छन आँगन छन बाहर जाए॥
दीहल[1] छोड़ कहीं नहीं सुवता[2]।
ऐ सखी साजन ना सखी कुत्ता॥

❖ ❖ ❖

टट्टी तोड़ के घर में आया।
अरतन बरतन सब सरकाया॥
खा गया पी गया दे गया बुत्ता[3]।
ऐ सखी साजन ना सखी कुत्ता॥

❖ ❖ ❖

वाकी मोको तनिक न लाज।
मेरे सब वह करत है काज॥
मूड़[4] से मोको देखत नंगी।
ऐ सखी साजन ना सखी कंघी॥

❖ ❖ ❖

आठ अँगुल का है वह असली।
उसके हड्डी न उसके पसली॥
लटा धारी[5] गुरू का चेला।
ऐ सखी साजन ना सखी केला॥

❖ ❖ ❖

देखन में वह गाँठ गठीला।
चाखन में वह अधिक रसीला॥
मुख चूँमू तो रस का भांडा[6]।
ऐ सखी साजन ना सखी गाँडा[7]॥

❖ ❖ ❖

---

1. देहरी 2. सोता 3. झाँसा, चकमा 4. मूँड, सिर 5. लता (जटा) धारण करने वाला (आसव का पेड़) 6. बर्तन 7. गन्ना

बैसाख में मेरे ढिग आवत।
मोको नंगी सेज पर डारत॥
ना सोवे ना सोवन देत अधरमी।
ऐ सखी साजन ना सखी गरमी॥

❖ ❖ ❖

चढ़ छाती मोको लचकावत।
धोय हाथ मो पर चढ़ि आवत।
सरम लगत देखत सब नारी।
ऐ सखी साजन ना सखी गगरी॥

❖ ❖ ❖

धमक चढ़ै सुध बुध बिसरावे।
दाबत जाँघ बहुत सुख पावै॥
अति बलवंत दिनन का थोड़ा।
ऐ सखी साजन ना सखी घोड़ा॥

❖ ❖ ❖

हुमक हुमक पकड़े मेरी छाती।
हँस हँस मैं वा खेल खेलाती॥
चौंक पड़ी जो पायो खड़का।
ऐ सखी साजन ना सखी लड़का॥

❖ ❖ ❖

जब माँगूँ तब जल भर लावे।
मेरे मन की बिपत[1] बुझावे॥
मन का भारी तन का छोटा।
ऐ सखी साजन ना सखी लोटा॥

❖ ❖ ❖

---

1. संकट, विपदा

उठा दोनों टाँगन बिच डाला।
नाप तौल में देखा भाला॥
मोल तौल में है वह महँगा।
ऐ सखी साजन ना सखी लहँगा॥

❖ ❖ ❖

जब मोरे मंदिर[1] में आवे।
सोते मुझको आन जगावे॥
पढ़त फिरत वह बिरह के अच्छर।
ऐ सखी साजन ना सखी मच्छर॥

❖ ❖ ❖

बेर बेर सोवतहिं जगावे।
ना जागूँ तो काटे खावे॥
व्याकुल हुई मैं हक्की बक्की।
ऐ सखी साजन ना सखी मक्खी॥

❖ ❖ ❖

देखत के दो घड़ी उजियारी।
सब संगर से आती प्यारी॥
सगरी रैन मैं संग ले सोती।
ऐ सखी साजन ना सखी मोती॥

❖ ❖ ❖

नीला कंठ और पहिरे हरा।
सीस मुकुट नाचे वह खड़ा॥
देखत घटा अलापै[2] चोर।
ऐ सखी साजन ना सखी मोर॥

❖ ❖ ❖

---

1. घर 2. कूकता है

आठ पहर मेरे ढिग[1] रहे।
मीठी प्यारी बातें करै॥
स्याम बरन और राती नैना।
ऐ सखी साजन ना सखी मैना॥

❖ ❖ ❖

उमड़ घुमड़ कर वह जो आया।
अंदर मैंने पलँग बिछाया॥
मेरा वाका लागा नेह।
ऐ सखी साजन ना सखी मेह॥

❖ ❖ ❖

मुख मेरा चूमत दिन रात।
होंठे लगत कहत नहीं बात॥
जासे मेरी जगत में पत[2]।
ऐ सखी साजन ना सखी नथ॥

❖ ❖ ❖

सरब सलोना सब गुन नीका।
वा बिन सब जग लागै फीका॥
वाके सर पर होवे कोन।
ऐ सखी साजन ना सखी नोन॥

❖ ❖ ❖

हालत झूमत नीको लागै।
अपने ऊपर मोहिं चढ़ावै॥
वै वाकी वह मेरा साथी।
ऐ सखी साजन ना सखी हाथी॥

❖ ❖ ❖

---

1. पास 2. इज्जत, सम्मान

अपने आए देत जमाना।
है सोते को यहाँ जगाना॥
रंग रस का फाग मचाया।
आप भिजे औ मोहि भिजाया॥
वाको कौन न चाहे नेह।
ऐ सखी साजन ना सखी मेह॥

❖ ❖ ❖

एक तो है वह देह का भारू[1]।
छोटे नैन सदा मतवारू॥
वह पीउ मेरे सेज का साथी।
ऐ सखी साजन ना सखी हाथी॥

❖ ❖ ❖

सगरी[2] रैन छतिअन पर राखा।
रंग रूप सब वाका चाखा॥
भोर भई जब दिया उतार।
ऐ सखी साजन ना सखी हार॥

❖ ❖ ❖

अंगों मेरे लपटा आवे।
वाका खेल मोरे मन भावे॥
कर गहि कुच गहि गहे मोरि माला।
ऐ सखी साजन ना सखी बाला[3]॥

❖ ❖ ❖

एक सजन मोरा मन ले जावे।
मुख चूमे और बात बनावे॥
होंठन लाग सही रस खैंचा।
ऐ सखी साजन ना सखी नैचा[4]॥

---

1. भारी 2. सम्पूर्ण, पूरी 3. शिशु 4. हुक्के की एक नली में लगी दो नलियाँ

दो सुख़न (हिन्दी)

रोटी   जली   क्यों,
घोड़ा   अड़ा   क्यों,
पान   सड़ा   क्यों ?
(उत्तर : फेरा[1] न था)

❖ ❖ ❖

अनार क्यों न चक्खा,
वज़ीर क्यों न रखा ?
(उत्तर : दाना[2] न था)

❖ ❖ ❖

गोश्त क्यों न खाया,
डोम[3] क्यों न गाया ?
(उत्तर : गला[4] न था)

❖ ❖ ❖

गढ़ी[5] क्यों छिनी,
रोटी क्यों माँगी ?
(उत्तर : खाई[6] न थी)

❖ ❖ ❖

---

1. पलटा, घुमाया, फिराया 2. दाना (दाने), बुद्धिमान 3. गाने वाला, 4. पका, गला 5. छोटा दुर्ग
6. खाई, गड्ढा, खाया

समोसा क्यों न खाया,
जूता क्यों न चढ़ाया ?

(उत्तर : तला[1] न था)

❖ ❖ ❖

ककड़ी   क्यों   छोटी,
लकड़ी   क्यों   टूटी ?

(उत्तर : बोदी[2] थी)

❖ ❖ ❖

राजा   प्यासा   क्यों,
गदहा   उदासा   क्यों ?

(उत्तर : लोटा[3] न था)

❖ ❖ ❖

खिचड़ी क्यों न पकाई,
कबूतरी क्यों न उड़ाई ?

(उत्तर : छड़ी[4] न थी)

❖ ❖ ❖

पोस्ती   क्यों   रोया,
चौकीदार   क्यों   सोया ?

(उत्तर : अमल[5] न था)

❖ ❖ ❖

---

1. तलना, जूते का तला 2. कमज़ोर, खराब 3. लोटा, लोटना (मिट्टी में) 4. कूटकर साफ़ की हुई न थी (छड़ना = कूटकर साफ़ करना), डंडा (लकड़ी) 5. अफ़ीम, आदत

जोगी   क्यों   भागा,
ढोलकी क्यों न बाजी?

(उत्तर : मँढ़ी[1] न थी)

❖ ❖ ❖

दही   क्यों न जमी,
नौकर क्यों न रखा?

(उत्तर : ज़ामिन[2] न था)

❖ ❖ ❖

सितार क्यों न बजा,
औरत क्यों न नहाई?

(उत्तर : पर्दा[3] न था)

❖ ❖ ❖

क्यारी क्यों न बनाई,
डोमनी क्यों न गाई?

(उत्तर : बेल[4] न थी)

❖ ❖ ❖

पानी क्यों न भरा,
हार क्यों न पहना?

(उत्तर : गढ़ा[5] न था)

❖ ❖ ❖

---

1. कुटिया, मढ़ना 2. जामन, ज़मानत देने वाला 3. सितार के ऊपर बनी हुई लकीरें, पर्दा 4. लता, बेलबूटेदार साड़ी 5. घड़ा, बनाया, निर्माण किया

दरबार क्यों न गए,
ज़मीन पर क्यों न बैठे?

(उत्तर : चौकी[1] न थी)

❖ ❖ ❖

दीवार क्यों टूटी,
राह क्यों लूटी?

(उत्तर : राज[2] न था)

❖ ❖ ❖

खाना क्यों न खाया,
जामा क्यों न धुलवाया?

(उत्तर : मेल[3] न था)

❖ ❖ ❖

जोरू क्यों मारी,
ईख क्यों उजाड़ी?

(उत्तर : रस[4] न था)

❖ ❖ ❖

रोटी क्यों सूखी,
बस्ती क्यों उजड़ी?

(उत्तर : खाई[5] न थी)

❖ ❖ ❖

घर क्यों अँधियारा
फ़क़ीर क्यों बिड़ारा?

(उत्तर : दीया[6] न था)

---

1. छोटा तख्त, राज्य 2. राज मिस्त्री, शासन 3. मेलजोल (प्रेम), मेल (कपड़े का मैल) 4. प्रेम, रस 5. खाया, खाई 6. दीपक, देना

दो सुख़न (फ़ारसी और हिन्दी)

सौदागरबच: रा चे मी बायद[1],
बूचे को क्यों चाहिए ?

(उत्तर : दोकान—दो कान और दुकान)

❖ ❖ ❖

कुव्वते रूह चीस्त[2]
प्यारी को कब देखिए ?

(उत्तर : सदा—आवाज़ और हमेशा)

❖ ❖ ❖

बार-बर्दारी रा चे मी बायद[3],
कलावंत को क्या कहिए ?

(उत्तर : गाओं[4]—बैल और गाना)

❖ ❖ ❖

तिश्न: रा चे मी बायद[5],
मिलाप को क्या चाहिए ?

(उत्तर : चाह[6]—चाह और कुआँ)

❖ ❖ ❖

---

1. व्यापारी के बच्चे को क्या चाहिए 2. आत्मा की शक्ति क्या है 3. भार ढोने वाले को क्या चाहिए
4. बैल 5. प्यासे को क्या चाहिए 6. कुआँ

शिकारी रा चे मी बायद[1],
मुसाफ़िर को क्या चाहिए?

(उत्तर : दाम—फंदा और दाम)

❖ ❖ ❖

शिकार बा चे मी बायद कर्द[2],
कूवते मग्ज़[3] को क्या चाहिए?

(उत्तर : बादाम—बा—दाम (जाल के साथ) और बादाम)

❖ ❖ ❖

दुआ चे तौर मुस्तजाब शवद[4],
लश्कर में कौन बैठे?

(उत्तर : बाज़ारी—विलाप के साथ और बाज़ारी)

❖ ❖ ❖

कोह चे मी दारद[5],
मुसाफ़िर को क्या चाहिए?

(उत्तर : संग—पत्थर और साथ)

❖ ❖ ❖

दर जहन्नुम चीस्त[6],
कामी को क्या चाहिए?

(उत्तर : नार—आग और स्त्री)

❖ ❖ ❖

---

1. शिकारी को क्या चाहिए 2. शिकार किससे किया जाता है 3. दिमागी ताक़त 4. दुआ किस तरह से क़बूल की जाती है 5. पहाड़ में क्या होता है 6. नरक में क्या है

अज़ ख़ुदा चे बायद तलबीद[1],
बिरहिन की क्या गिनती?

(उत्तर : काम—इच्छा और वासना)

❖ ❖ ❖

दर आईन: चे मी बीनद[2],
दुखिया को क्या न कहिए?

(उत्तर : रो—चेहरा और रोओ)

❖ ❖ ❖

माशूक रा चे मी बायद कर्द,[3]
हिन्दुओं का रब कौन है?

(उत्तर : राम—वश में करना और भगवान राम)

---

1. ईश्वर से क्या माँगना चाहिए 2. आईने में क्या देखते हैं 3. प्रियतम को क्या करना चाहिए

निस्बतें

हलवाई और दबकई[1] में क्या निस्बत है ?

(उत्तर : कदा, कुंदा[2])

❖ ❖ ❖

हलवाई और बज़्ज़ाज़[3] में क्या निस्बत है ?

(उत्तर : कंद[4])

❖ ❖ ❖

गोटे और आफ़बात[5] में क्या निस्बत है ?

(उत्तर : किरन[6])

❖ ❖ ❖

घोड़े और हर्फ़ों[7] में क्या निस्बत है ?

(उत्तर : नुक़ता)

❖ ❖ ❖

जानवर और बंदूक में क्या निस्बत है ?

(उत्तर : मक्खी, घोड़ा)

* * *

---

1. धातुओं के तार या पत्थर बनाने वाला 2. शकरकंद, सोने-चाँदी के पत्तर पीटने का उपकरण
3. वस्त्र व्यवसायी 4. चीनी (शक्कर), कुंदागिरी (वस्त्र की सलवटें निकालने के लिए उसको
चपटी लकड़ी पर रखकर पीटने की कला) 5. सूर्य 6. चमक, किरण 7. अक्षरों

बंदूक और कुएँ में क्या निस्बत है ?

(उत्तर : कोठी[1])

❖ ❖ ❖

बज़ाज़ और फल में क्या निस्बत है ?

(उत्तर : कमरख[2])

❖ ❖ ❖

आम या शलजम और कपड़े में क्या निस्बत है ?

(उत्तर : जाली)

❖ ❖ ❖

गहने और दरख़्त में क्या निस्बत है ?

(उत्तर : पत्ता[3])

❖ ❖ ❖

आम और ज़ेवर में क्या निस्बत है ?

(उत्तर : कीरी[4])

❖ ❖ ❖

मकान और अनाज में क्या निस्बत है ?

(उत्तर : कँगनी[5])

❖ ❖ ❖

दरया[6] और गहने में क्या निस्बत है ?

(उत्तर—मगर[7])

❖ ❖ ❖

---

1. बंदूक का वह भाग, जिसमें बारूद भरा जाता है, कुएँ की दीवार का वह भाग, जो पानी में रहता है 2. एक प्रकार का मोटा कपड़ा, एक फल का नाम 3. कान में पहने जाने वाले एक आभूषण का नाम, पत्ता 4. आम जो कीड़ा लगने से काला हो जाता है, कीरी हाथ में पहने जाने वाला आभूषण 5. छत के नीचे सुंदरता के लिए बनाया गया कंगूरा, एक अन्न का नाम (काँकुन) 6. नदी 7. मगरमच्छ, कान में पहने जाने वाला मगरमच्छ या मछली के आकार का आभूषण

मकान और पायजामे में क्या निस्बत है?

(उत्तर : मोरी[1])

❖ ❖ ❖

कपड़े और दरिया में क्या निस्बत है?

(उत्तर : पाट[2])

❖ ❖ ❖

अँगरखे और पेड़ में क्या निस्बत है?

(उत्तर : कलियाँ[3])

❖ ❖ ❖

आदमी और गेहूँ में क्या निस्बत है?

(उत्तर : बाल[4])

❖ ❖ ❖

बादशाह और मुर्ग़ में क्या निस्बत है?

(उत्तर : ताज[5])

❖ ❖ ❖

मुश्क[6] और आदमी में क्या निस्बत है?

(उत्तर : दहाँ[7])

❖ ❖ ❖

घोड़े और बज़ाज़ में क्या निस्बत है?

(उत्तर : थान, ज़ीन)

❖ ❖ ❖

---

1. नाली, पायजामे की मोहरी 2. वस्त्र, दरिया की चौड़ाई 3. अँगरखे की चौड़ाई के लिए बनाई गई कलियाँ, कलियाँ 4. केश, बालियाँ 5. मुकुट, कलगी 6. कस्तूरी 7. सुराख, मुँह

दामन और अंगरखे में क्या निस्बत है?

(उत्तर : पर्दा)

❖ ❖ ❖

हलवाई और पायजामे में क्या निस्बत है?

(उत्तर : कुंदा[1])

❖ ❖ ❖

मकान और कपड़े में क्या निस्बत है?

(उत्तर : लट्ठा, गज़)

---

1. मावा, कपड़े की सलवटें निकालने का उपकरण

अनमेलियाँ या ढकोसला

खीर पकाई जतन से, और चरखा दिया जलाय।
आया कुत्ता खा गया, तू बैठी ढोल बजाय॥ ला पानी पिला।

❖ ❖ ❖

कोठी भरी कुल्हाड़ियाँ, तू हरीरा[1] करके पी॥
बहुत ताउल[2] है तो छप्पर से मुँह पोंछ॥

❖ ❖ ❖

पीपल पक्की पपोलियाँ[3], झड़ झड़ पड़े हैं बेर॥
सर में लगा खटाक से, वाह बे तेरी मिठास॥

❖ ❖ ❖

भादों पक्की पीपली, झड़ झड़ पड़े कपास॥
बी मेहतरानी दाल पकाओगी या नंगा सो रहूँ॥

❖ ❖ ❖

भैंस चढ़ी बबूल पर, और लप लप गूलर खाय॥
दुम उठा कर देखा तो पूरनमासी के तीन दिन॥

❖ ❖ ❖

गोरी के नैना ऐसे बड़े जैसे बैल के सींग॥

❖ ❖ ❖

---

1. दूध में मेवे मिलाकर बनाया गया स्वादिष्ट पेय 2. उतावली, तिनका 3. गोदा पीपल का मीठा फल

भैंस चढ़ी बिटोरी[1], और लप लप गूलर खाय॥
उतर आ मेरे राँड़ की, कहीं हिफ़ज़[2] ना फट जाय॥

❖ ❖ ❖

औरों की चौपहरी[3] बाजे, चम्मू[4] की अठपहरी[5]।
बाहर का कोई आए नाहीं, आए सारे सहरी[6]॥

❖ ❖ ❖

साफ़ सूफ़ कर आगे राखे, जामें नाहीं तूसल[7]।
औरों के जहाँ सींक समाए, चम्मू के वाँ मूसल॥

---

1. उपलों की छोटी ढेरी 2. गला, कंठ 3. चार पहर (चार पहर नौबत बजना) 4. ख़ुसरो की परिचित भठियारिन (कहते हैं कि ख़ुसरो ने यह ढकोसला इस भठियारिन के आग्रह पर कहा। भठियारिन के यहाँ गाँजा, भाँग, चरस आदि पीने लोग आते थे।) 5. आठ पहर (आठ पहर नौबत बजना) 6. शहर के लोग 7. कचरा

गीत

बन बोलन लागे मोर

बन बोलन लागे मोर

आ घिर आई दई मारी[1] घटा कारी। बन बोलन लागे मोर

दैया री बन बोलन लागे मोर।

रिम-झिम रिम-झिम बरसन लागी छाई री चहुँ ओर।

आज बन बोलन लागे मोर।

कोयल बोले डार-डार पर पपीहा मचाए शोर।

आज बन बोलन मोर.........

ऐसे समय साजन परदेस गए बिरहन छोर।

आज बन बोलन मोर.........

छाप तिलक सब छीनी

छाप तिलक सब छीनी

अपनी छवि बनाइ के जो मैं पी के पास गई,

जब छवि देखी पीहू[2] की तो अपनी भूल गई।

छाप तिलक सब छीनी रे मोसे नैंना मिलाइ के

बात अघम[3] कह दीन्हीं रे मोसे नैंना मिलाइ के।

बल बल जाऊँ मैं तोरे रंगरिजवा

अपनी सी रंग दीन्हीं रे मोसे नैंना मिलाइ के।

---

1. विधाता की मारी (गाली के रूप में प्रयुक्त) 2. प्रियतम 3. अगम्य

प्रेम भटी का मदवा[1] पिलाय के मतवारी कर दीन्हीं रे
मोसे नैंना मिलाइ के।
गोरी-गोरी बइयाँ हरी-हरी चुरियाँ[2]
बइयाँ[3] पकर हर लीन्हीं रे मोसे नैंना मिलाइ के।
ख़ुसरो निजाम के बल-बल जइए
मोहे सुहागन कीन्हीं रे मोसे नैंना मिलाइ के।

सावन आया

सावन आया
अम्मा मेरे बाबा को भेजो री—कि सावन आया
बेटी तेरा बाबा तो बूढ़ा री—कि सावन आया
अम्मा मेरे भाई को भेजो री—कि सावन आया
बेटी तेरा भाई तो बाला री—कि सावन आया
अम्मा मेरे मामू[4] को भेजो री—कि सावन आया
बेटी तेरा मामू तो बांका[5] री—कि सावन आया

मोरे पिया घर आए

मोरे पिया घर आए
री सखी मोरे पिया घर आए, भाग लगे इस आँगन को
बल-बल जाऊँ मैं अपने पिया के, चरन लगायो निर्धन को।
मैं तो खड़ी थी आस लगाए, मेहंदी कजरा माँग सजाए।
देख सुरतिया[6] अपने पिया की, हार गई मैं तन-मन को।
जिसका पिया संग बीते सावन, उस दुल्हन की रैन सुहागन।
जिस सावन में पिया घर नाहि, आग लगे उस सावन को।
अपने पिया को मैं किस विध पाऊँ,

---

1. मद, सुरा 2. चूड़ियाँ 3. बाँहें 4.मामा 5. अनोखा, विलक्षण 6. सूरत

लाज की मारी मैं तो डूबी–डूबी जाऊँ
तुम ही जतन करो ऐ री सखी री, मैं मन भाऊँ साजन को।

काहे को ब्याहे बिदेस

काहे को ब्याहे बिदेस,
अरे, लखिय[1] बाबुल मोरे काहे को ब्याहे बिदेस

भैया को दियो बाबुल महले दो–महले[2]
हमको दियो परदेस अरे, लखिय बाबुल मोरे
काहे को ब्याहे बिदेस

हम तो बाबुल तोरे खूँटे की गैयाँ[3]
जित हाँके हँक जैहें अरे, लखिय बाबुल मोरे
काहे को ब्याहे बिदेस

हम तो बाबुल तोरे बेले की कलियाँ
घर–घर माँगे हैं जैहें अरे, लखिय बाबुल मोरे
काहे को ब्याहे बिदेस

कोठे तले से पलकिया जो निकली
बीरन ने खाए पछाड़ अरे, लखिय बाबुल मोरे
काहे को ब्याहे बिदेस

हम तो हैं बाबुल तोरे पिंजरे की चिड़ियाँ
भोर भये उड़ जैहें अरे, लखिय बाबुल मोरे
काहे को ब्याहे बिदेस

---

1. लाखों के, बहुमूल्य 2. महल 3. गाय

तारों भरी मैंने गुड़िया जो छोड़ी
छूटा सहेली का साथ अरे, लखिय बाबुल मोरे
काहे को ब्याहे बिदेस

डोली का पर्दा उठा के जो देखा
आया पिया का देस अरे, लखिय बाबुल मोरे
काहे को ब्याहे बिदेस

अरे, लखिय बाबुल मोरे
काहे को ब्याहे बिदेस अरे, लखिय बाबुल मोरे

जब यार देखा नैन भर

जब यार देखा नैन भर
जब यार देखा नैन भर दिल की गई चिंता उतर
ऐसा नहीं कोई अजब राखे उसे समझाए कर।

जब आँख से ओझल भया, तड़पन लगा मेरा जिया
हक्का इलाही[1] क्या किया, आँसू चले भर लाय कर।

तू तो हमारा यार है, तुझ पर हमारा प्यार है
तुझ से दोस्ती बिसियार[2] है एक शब मिलो तुम आय कर।

जाना तलब[3] तेरी करूँ दीगर[4] तलब किसकी करूँ
तेरी जो चिंता दिल धरूँ, एक दिन मिलो तुम आय कर।

---

1. ऐ खुदा 2. बहुत ज्यादा 3. इच्छा, चाह 4. अन्य, दूसरा

मेरा जो मन तुमने लिया, तुमने उठा गम को दिया
तुमने मुझे ऐसा किया, जैसा पतंगा आग पर।

ख़ुसरो कहै बातां ग़ज़ब, दिल में न लावे कुछ अजब
कुदरत खुदा की है अजब, जब जिव दिया गुल[1] लाय कर।

ज़िहाल-ए मिस्कींमकुनतगाफ़ुल[2]

ज़िहाल-ए मिस्कींमकुनतगाफ़ुल
दुराये नैना बनाये बतियाँ।
कि ताब-ए-हिजरांनदारम ? जान[3],
न लेहो काहे लगाये छतियाँ॥

शबाने ए-हिजरांदराज़चूं जुल्फ़
व रोज़-ए-वस्लतचो उम्र कोताह[4],
सखी पिया को जो मैं न देखूँ
तो कैसे काटूं अंधेरी रतियाँ।

यकायक अज़ दिल, दो चश्म-ए-जादू
ब सद फ़रेबमबबुर्दतस्कीं[5],
किसे पड़ी है जो जा सुनावे
पियारे पी को हमारी बतियाँ।

---

1. फूल, बुझन 2. विपत्तिग्रस्त की अवस्था की उपेक्षा न करो 3. क्योंकि, हे प्रिय मुझमें विरह सहने का सामर्थ्य नहीं रह गया है 4. विरह की रातें तुम्हारी जुल्फ़ की तरह लम्बी और मिलन के दिन उम्र की तरह छोटे हैं 5. उसकी दो जादुई आँखों ने मेरे दिल से सैंकड़ों फ़रेब करके चैन छीन लिया

चो शमा सोज़ान, चो ज़र्रा हैरान
हमेशा गिरयान, बे इश्क़ आँमह[1]।
न नींद नैना, न अंग चैना
न आप आवें, न भेजें पतियाँ।

बहक्क-ए-रोज़े, विसाल-ए-दिलबर
कि दाद मारा, गरीब ख़ुसरौ[2]।
सपेट मन के, वरायेराखूँ
जो जाये पाऊँ, पिया के खटियाँ॥

पिया आवन कह गए अजहुँ[3] न आए

पिया आवन कह गए अजहुँ न आए, अजहुँ न आए स्वामी हो
ऐ जो पिया आवन कह गए अजुहँ न आए। अजहुँ न आए स्वामी हो।
स्वामी हो, स्वामी हो। आवन कह गए, आए न बारह मास।
जो पिया आवन कह गए अजहुँ न आए। अजहुँ न आए।
आवन कह गए। आवन कह गए।

जो मैं जानती बिसरत[4] हैं सैय्या

जो मैं जानती बिसरत हैं सैय्या, घुँघटा में आग लगा देती,
मैं लाज के बंधन तोड़ सखी पिया प्यार को अपने मना लेती।
इन चुरियों[5] की लाज पिया रखना, ये तो पहन लई अब उतरत ना
मोरा भाग सुहाग तुमई से है मैं तो तुम ही पर जुबना[6] लुटा बैठी
मोरे हार सिंगार की रात गई, पियू संग उमंग की बात गई
पियू संग उमंग मेरी आस नई।

---

1. चाँद जैसे महबूब की याद में मैं शमा की तरह जलता, ज़र्रे की तरह हैरान हूँ और हमेशा रोता हूँ 2. प्रिय के मिलन के दिन के हक़ में जिसने मुझ ख़ुसरो को ग़रीब बना दिया 3. अभी भी 4. भूलते हैं 5. चूड़ियों 6. यौवन

अब आए न मोरे साँवरिया

अब आए न मोरे साँवरिया, मैं तो तन मन उन पर लुटा देती।
घर आए न मोरे साँवरिया, मैं तो तन मन उन पर लुटा देती।
मोहे प्रीत की रीत न भाई सखी, मैं तो बन के दुल्हन पछताई सखी।
होती न अगर दुनिया की शरम मैं तो भेज के पतियाँ[1] बुला लेती।
उन्हें भेज के सखियाँ बुला लेती।

तोरी सूरत के बलिहारी

तोरी सूरत के बलिहारी, निजाम,
तोरी सूरत के बलिहारी।
सब सखियन में चुनर मेरी मैली,
देख हँसें नर–नारी, निजाम...
अबके बहार चुनर मोरी रंग दे,
पिया रखले लाज हमारी, निजाम...
सदका बाबा गंज शकर का,
रख ले लाज हमारी, निजाम...
कुतब, फरीद मिल आए बराती,
ख़ुसरो राजदुलारी, निजाम...
कोउ सास कोउ ननद से झगड़े,
हमको आस तिहारी, निजाम,
तोरी सूरत के बलिहारी, निजाम...

---

1. पत्र

चल ख़ुसरो घर आपने

ख़ुसरो रैन सुहाग की, जागी पी के संग।
तन मेरो मन पियो को, दोउ[1] भए एक रंग॥

ख़ुसरो दरिया[2] प्रेम का, उल्टी वा की धार।
जो उतरा सो डूब गया, जो डूबा सो पार॥

गोरी सोवे सेज पर, मुख पर डारे केस।
चल ख़ुसरो घर आपने, साँझ भयी चहु देस॥

ख़ुसरो मौला के रुठते, पीर के सरने जाय।
कहे ख़ुसरो पीर के रुठते, मौला नहिं होत सहाय[3]॥

बहुत कठिन है डगर पनघट की

बहुत कठिन है डगर पनघट की
कैसे मैं भर लाऊँ मधवा से मटकी
पनिया भरन को मैं जो गई थी
दौड़ झपट मोरी मटकी पटकी?
ख़ुसरो निजाम के बल बल जइये
लाज रखो मोरे घूंघट पट की

बहुत दिन बीते पिया को देखे

बहुत दिन बीते पिया को देखे
अरे कोई जाओ, पिया को बुलाय लाओ

---

1. दोनों 2. नदी 3. सहायक

मैं हारी वो जीते पिया को देखे बहुत दिन बीते।

सब चुनरिन[1] में चुनर मोरी मैली,

क्यों चुनरी नहीं रंगते ?

बहुत दिन बीते।

ख़ुसरो निजाम के बलि बलि जइए,

क्यों दरस नहीं देते ?

बहुत दिन बीते।

बहुत रही बाबुल घर दुल्हन

बहुत रही बाबुल घर दुल्हन

बहुत रही बाबुल घर दुल्हन, चल तोरे पी ने बुलाई।

बहुत खेल खेली सखियन से, अन्त करी लरिकाई[2]।

बिदा करन को कुटुम्ब सब आए, सगरे[3] लोग लुगाई।

चार कहार मिल डोलिया उठाई, संग परोहत और भाई।

चले ही बनेगी होत कहाँ है, नैनन नीर बहाई।

अन्त बिदा हो चलि है दुल्हिन, काहू कि कछु न बने आई।

मौज-खुसी सब देखत रह गए, मात पिता और भाई।

मोरी कौन संग लगन[4] धराई, धन-धन तेरि है खुदाई।

बिन माँगे मेरी मँगनी[5] जो कीन्ही, नेह की मिसरी खिलाई।

एक के नाम कर दीनी सजनी, पर घर की जो ठहराई।

गुन नहीं एक औगुन बहुतेरे, कैसे नौशा[6] रिझाई।

ख़ुसरो चले ससुरारी[7] सजनी, संग कोई नहीं आई।

---

1. चुनरियों 2. लड़कपन 3. सभी 4. लग्न, विवाह 5. सम्बन्ध 6. पति 7. ससुराल

आज रंग[1] है ऐ माँ रंग है री

आज रंग है ऐ माँ रंग है री,
मेरे महबूब के घर रंग है री।
अरे अल्लाह तू है हर,
मेरे महबूब के घर रंग है री।

मोहे पीर पायो निज़ामुद्दीन औलिया,
निज़ामुद्दीन औलिया–अलाउद्दीन औलिया।
अलाउद्दीन औलिया, फरीदुद्दीन औलिया,
फरीदुद्दीन औलिया, कुतुबुद्दीन औलिया।
कुतुबुद्दीन औलिया मोइनुद्दीन औलिया,
मोइनुद्दीन औलिया मुहैय्योद्दीन औलिया।
आ मुहैय्योद्दीन औलिया, मुहैय्योद्दीन औलिया।
वो तो जहाँ देखो मोरे संग है री।

अरे ऐ री सखी री,
वो तो जहाँ देखो मोरो (बर[2]) संग है री।
मोहे पीर पायो निज़ामुद्दीन औलिया,
आहे, आहे आहे वा।
मुँह माँगे बर संग है री,
वो तो मुँह माँगे बर संग है री।

निज़ामुद्दीन औलिया जग उजियारो,
जग उजियारो जगत उजियारो।
वो तो मुँह माँगे बर संग है री।
मैं पीर पायो निज़ामुद्दीन औलिया।

---

1. उत्सव 2. वर, पति

गंज शकर[1] मोरे संग है री।
मैं तो ऐसो रंग और नहीं देख्यो सखी री।
मैं तो ऐसो रंग।
देस-बदेस में ढूँढ़ फिरी हूँ, देस-बदेस में।
आहे, आहे आहे वा,
ऐ गोरा रंग मन भायो निज़ामुद्दीन।
मुँह माँगे बर संग है री।

सजन मिलावरा इस आँगन मा।
सजन, सजन तन सजन मिलावरा।
इस आँगन में उस आँगन में।
अरे इस आँगन में वो तो, उस आँगन में।
अरे वो तो जहाँ देखो मोरे संग है री।
आज रंग है ऐ माँ रंग है री।

ऐ तोरा रंग मन भायो निज़ामुद्दीन।
मैं को तोरा रंग मन भायो निज़ामुद्दीन।
मुँह माँगे बर संग है री।
मैं तो ऐसो रंग और नहीं देखी सखी री।
ऐ महबूबे इलाही मैं तो ऐसो रंग और नहीं देखी।
देस-बदेश में ढूँढ़ फिरी हूँ।
आज रंग है ऐ माँ रंग है री।
मेरे महबूब के घर रंग है री।

---

1. हज़रत फ़रीद उद-दीन उर्फ़ बाबा फ़रीद (सूफ़ी मत के चिश्ती संप्रदाय के एक संत)

मोरा जोबना

मोरा जोबना नवेलरा भयो है गुलाल।
कैसे घर दीन्हीं बकस[1] मोरी माल।
निज़ामुद्दीन औलिया को कोई समझाए,
ज्यों-ज्यों मनाऊँ वो तो रुसो ही जाए।
चूड़ियाँ फोड़ूँ पलंग पे डारुँ
इस चोली को मैं दूँगी आग लगाए।
सूनी सेज डरावन लागै।
बिरहा अगिन मोहे डस डस जाए।
मोरा जोबना।

सकल बन फूल रही सरसों

सकल बन (सघन बन) फूल रही सरसों,
सकल बन (सघन बन) फूल रही...
अम्बवा[2] फूटे, टेसू फूले, कोयल बोले डार-डार,
और गोरी करत शृंगार,
मलनियाँ[3] गढवा ले आई करसों,
सकल बन फूल रही...
तरह-तरह के फूल खिलाए,
ले गढवा हातन[4] में आए।
निज़ामुद्दीन के दरवाज़े पर,
आवन कह गए आशिक रंग,
और बीत गए बरसों।
सकल बन फूल रही सरसों।

---

1. बख़्श दी 2. आम 3. मालिन 4. हाथों

रैनी[1] चढ़ी रसूल की सो रंग मौला के हाथ

रैनी चढ़ी रसूल की सो रंग मौला के हाथ।
जिसके कपरे[2] रंग दिए सो धन धन वाके[3] भाग॥

ख़ुसरो बाज़ी प्रेम की मैं खेलूँ पी के संग।
जीत गई तो पिया मोरे हारी पी के संग॥

चकवा चकवी दो जने इन मत मारो कोय।
ये मारे करतार के रैन बिछोया[4] होय॥

ख़ुसरो ऐसी पीत कर जैसे हिन्दू जोय।
पूत पराए कारने जल जल कोयला होय॥

ख़ुसरवा दर इश्क़बाजी कम जि़ हिन्दू ज़न माबाश।
कज़ बराए मुर्दा मा सोज़द जान-ए-खेस रा॥[5]

उजवल बरन अधीन तन एक चित्त दो ध्यान।
देखत में तो साधु है पर निपट पाप की खान॥

श्याम सेत गोरी लिए जनमत भई अनीत।
एक पल में फिर जात है जोगी काके मीत॥

पंखा होकर मैं डुली, साती तेरा चाव।
मुझ जलती का जनम गयो तेरे लेखान भाव॥

---

1. रात्रि 2. कपड़े 3. उसके 4. बिछोह 5. ऐ ख़ुसरो, प्रेम करने में हिन्दू स्त्री से कम मत पड़ जाना,
जोकि मुर्दा प्रिय के लिए अपनी जान को जला डालती है

नदी किनारे मैं खड़ी सो पानी झिलमिल होय।
पी गोरे मैं साँवरी अब किस विध मिलना होय॥

साजन ये मत जानियो तोहे बिछड़त मोको चैन।
दिया जलत है रात में और जिया जलत बिन रैन॥

रैन बिना जग दुखी और दुखी चन्द्र बिन रैन।
तुम बिन साजन मैं दुखी और दुखी दरस बिन नैंन॥

अंगना तो परबत भयो, देहरी भई विदेस।
जा बाबुल घर आपने, मैं चली पिया के देस।

आ साजन मोरे नयनन में

आ साजन मोरे नयनन में, सो पलक ढाप तोहे दूँ।
न मैं देखूँ औरन को, न तोहे देखन दूँ।

अपनी छवि बनाई के जो मैं पी के पास गई।
जब छवि देखी पीहू की तो अपनी भूल गई॥

ख़ुसरो पाती प्रेम की बिरला बाँचे कोय।
वेद, कुरान, पोथी पढ़े, प्रेम बिना का होय॥

संतों की निंदा करे, रखे पर नारी से हेत।
वे नर ऐसे जाएँगे, जैसे रणरेही[1] का खेत॥

ख़ुसरो सरीर सराय है क्यों सोवे सुख चैन।
कूच[2] नगारा साँस का, बाजत है दिन रैन॥

---

1. योद्धा, वीर 2. प्रस्थान

होली

दैया री मोहे भिजोया री

दैया री मोहे भिजोया री
शाह निजाम के रंग में
कपड़े रंग के कुछ न होत है,
या रंग मैंने मन को डुबोया री
दैया री मोहे भिजोया री

हजरत ख्वाजा संग खेलिए धमाल

हजरत ख्वाजा संग खेलिए धमाल
बाइस ख्वाजा मिल बन बन आयो
तामें हजरत रसूल साहब जमाल[1] । हजरत ख्वाजा संग...
अरब यार तेरो (तोरी) बसंत मनायो,
सदा रखिए लाल गुलाल । हजरत ख्वाजा संग...

परदेसी बालम धन अकेली

परदेसी बालम धन अकेली मेरा बिदेसी घर आवना ।
बिर का दुख बहुत कठिन है प्रीतम अब आजावना ।
इस पार जमुना उस पार गंगा बीच चंदन का पेड़ ना ।
इस पेड़ ऊपर कागा बोले कागा का बचन सुहावना ।

---

1. सौंदर्य

ख़ालिक़बारी

ख़ालिक़[1] बारी[2] सिरजनहार ।
वाहिदि[3] एक बदा[4] करतार ॥ 1 ॥

रसूल[5] पैगंबर[6] जान[7] बसीठ[8] ।
यार दोस्त बोले जा ईठ[9] ॥ 2 ॥

इस्मे अल्लाह[10] ख़ुदा[11] का नाँवँ ।
गर्मी[12] है धूप साय:[13] है छाँवँ ॥ 3 ॥

राह[14] तरीक[15] सबील[16] पछान ।
अर्थ तिहूँ का मारग जान ॥ 4 ॥

ससि है मह[17] नय्यिर[18] ख़ुरशीद[19] ।
काला उजला सियाह[20] सफ़ीद[21] ॥ 5 ॥

पीला नीला ज़र्द[22] कबूद[23] ।
तानाँ बानाँ तारो[24] पूद[25] ॥ 6 ॥

---

1. उत्पत्तिकर्ता, 2. बढ़ाने वाला 3. एक (ईश्वर एक है) 4. आरंभ, ईश्वर 5. ईश्वर का दूत
6. ईश्वर का संदेशवाहक 7. जिसे 8. दूत 9. इष्ट, मित्र 10. ईश्वर का नाम 11. ईश्वर 12. गर्मी
13. छाया 14. मार्ग 15. मार्ग, ढंग, नियम 16. मार्ग, उपाय 17. चाँद 18. सूर्य 19. सूर्य 20. काला
21. श्वेत 22. पीला, 23. हल्का, धूसर रंग 24. ताना, धागा, सूत, चाँदी आदि धातुओं का तार
25. बाना

कुव्वत नीरू[1] ज़ोर बल आन[2]।
सारिक[3] दुज़्द[4] चोर है जान॥ 7॥

मर्द मनुष जन[5] है इस्तरी।
कहत काल[6] वबा[7] है मरी[8]॥ 8॥

दोश[9] काल्ह रात जो गई।
इम्शब[10] आज रात जो भई॥ 9॥

तुरा[11] बेगुफ़्तम[12] मैं तुज कहिया।
कुजा[13] बेमाँदी[14] तूँ कित रहिया॥ 10॥

बेया[15] बिरादर[16] आव रे भाई।
बेनिशीं[17] मादर[18] बैठ री माई॥ 11॥

वालिद बाप बेटा फ़र्ज़ंद[19]।
दुख़्तर[20] बेटी सिख[21] है पंद[22]॥ 12॥

सावः[23] सरीचः[24] ममोला[25] जान।
कव्वा ज़ाग[26] कुलाग़[27] पछान॥ 13॥

आतिश[28] आग आब है पानी।
खाक धूल जो बाव[29] उड़ानी॥ 14॥

---

1. शक्ति 2. दूसरा 3. चोरी करने वाला 4. चोर 5. स्त्री 6. अकाल, दुर्भिक्ष 7. संसर्गजन्य रोग
8. महामारी, मृत्यु, प्लेग, विनाश 9. गत रात्रि, स्वप्न 10. आज की रात (इम् = अब, शब =
रात) 11. तुझे 12. मैंने कहा 13. कहाँ 14. रहा (माँदन = रहना, थकना) 15. तू भी (आमदन
= आना) 16. भाई 17. तू बैठ (निशिंचतन = बैठना) 18. माँ 19. बेटा, पुत्र 20. पुत्री, दुहिता
21. सीख 22. उपदेश 23. एक छोटा पक्षी 24. ममोला, एक पक्षी, 25. एक छोटा पक्षी
26. कौआ 27. जंगली कौआ 28. अग्नि, जलती हुई लकड़ी 29. वायु

मुश्को[1] काफ़ूरस्तो[2] कस्तूरी कपूर।
हिन्दवो आनंद शादी[3] ओ सुरूर[4] ॥ 15 ॥

अस्प[5] घोड़ा फ़ील हाथी शेर[6] सीह[7]।
गोश्त हेड़ा[8] चर्म चमड़ा शह्म पीह ॥ 16 ॥

शीर[9] जुगरात[10] आमदः दूधो दही।
रौग़न[11] आमद घी औ दोग़[12] आमद महीं[13] ॥ 17 ॥

ज़र[14] बूबद[15] सोनासीम[16] चीतल[17] नुक[18] रूपा।
जामः[19] कप्पड़ टाट[20] तप्पड दब्बः[21] कूपा ॥ 18 ॥

खंजरो[22] शम्शीरो[23] समसामस्त[24] तेग़[25]।
हिन्दवी खांडा[26] कहावे उन्मन[27] मेग़[28] ॥ 19 ॥

ख़ाल तिल बाशद[29] गिलेवाज़ो[30] जगन[31]।
चील्ह है दरगोश कुन गुफ्तारे मन[32] ॥ 20 ॥

अर्ज़[33] धरती फ़ारसी बाशद ज़मीं।
कोह[34] दर हिन्दी[35] पहाड़ आमद[36] यक़ीं[37] ॥ 21 ॥

---

1. कस्तूरी 2. कर्पूर (सं) का तद्भव रूप अरबी-फ़ारसी में प्रचलित 3. हर्ष 4. हर्ष, हल्का नशा 5. घोड़ा 6. शेर 7. सिंह, 8. मांस, शरीर 9. दूध 10. दही 11. घी 12. छाछ 13. छाछ 14. स्वर्ण 15. हुआ 16. चाँदी 17. चाँदी, एक सिक्का 18. चाँदी 19. वसन (वस्त्र) 20. सन का कपड़ा, बोरी 21. चमड़े का बर्तन, घी या तेल रखने का चर्मपात्र 22. छुरी, बड़ा चाकू, भुजाली 23. कृपाण, ऐसी तलवार जो बीच में झुकी हुई हो 24. काटदार तलवार 25. कृपाण, खड्ग 26. खड्ग 27. बादल, मेघ 28. मेघ 29. हो 30. चील 31. चील 32. मेरी बात सुनो 33. पृथ्वी 34. पर्वत 35. हिन्दी में 36. आगत 37. निश्चित

काहो[1] हैजुम[2] घास काठी[3] जानिये ।
ईंट माटी ख़िश्तो[4] गिल[5] पहचानिये ॥ 22 ॥

देग[6] हाँडी कफ्चः[7] डोई[8] बेखता ।
ताबः[9] कजगानस्त[10] कड़ाही ओ तवा ॥ 23 ॥

संग[11] पाथर जानिये बर कुन[12] उठाव ।
अस्पे मीरां[13] हिन्दवी घोड़ा चलाव ॥ 24 ॥

मूश[14] चूहा गुर्बः[15] बिल्ली मार[16] नाग ।
सोज़नो[17] रिश्तः[18] बहिन्दी सुई ताग ॥ 25 ॥

चालनी गिर्बाल[19] चाकी आसिया[20] ।
देग़दाँ चूल्हा व कंदू[21] कोठिया ॥ 26 ॥

सर्द[22] सीला[23] गर्म[24] ताता[25] चीर[26] सख़्त ।
नर्म कँवला[27] नेश[28] डंक औरंग[29] तख़्त[30] ॥ 27 ॥

जारोब[31] सोहनी[32] के सबर्दस्त[33] टोकरा ।
मिक्राज़[34] कतरनी[35] के बुवद[36] उस्तरा[37] छुरा ॥ 28 ॥

उम्मीद आस बाशद[38] नाउमीद[39] है निरास ।
चर्ख़ो[40] फलक[41] सिपहर[42] बुवद आसमाँ[43] अकास ॥ 29 ॥

---

1. घास 2. जलाने की लकड़ी, ईंधन 3. काठ, लकड़ी 4. ईंट 5. मिट्टी 6. छोटे मुँह और बड़े पेट का ताँबे का बर्तन 7. चमचा जिसमें छेद होता है 8. दर्बी, चम्मच 9. तवा, लोहे का बर्तन 10. बड़ी देगची, कड़ाही 11. पत्थर 12. ऊपर उठाओ 13. श्रेष्ठ घोड़ा 14. चूहा 15. बिल्ली 16. साँप 17. सूई 18. तागा, संबंध, नाता 19. चलनी 20. चक्की 21. कोठी (अन्न रखने की मिट्टी से बनी हुई कोठी) 22. ठंडा 23. शीतल 24. उष्ण 25. तप्त, गरम 26. शक्तिशाली, वीर 27. कोमल 28. डंक 29. राजसिंहासन 30. बड़ी चौकी, राज्य, चारपाई 31. झाड़ू, बुहारी 32. झाड़ू 33. डलिया 34. कैंची 35. कैंची 36. होता है 37. (अस्तुरः) हजामत बनाने का छुरा 38. हो, संभवतः 39. निराश 40. आकाश, चक्र, चक्कर, रहट 41. आकाश 42. आकाश 43. आकाश

रानो[1] फखिज[2] के जाँघ बुवद[3] नाज़[4] लाड़ला ।
उस्तुख़ाँ[5] हाड़ बाशद दीवान:[6] बावला ॥ 30 ॥

बाद[7] शराबो रावको[8] सह्बा[9] मयस्तो[10] मद[11] ।
गर जुअ: जाँ खुरी तू कुनी कारे नेक बद[12] ॥ 31 ॥

रायत[13] लिवा[14] नैज[15] बुवद सिपर[16] अस्त[17] ढाल ।
लबे आब[18] नदी हौज[19] दिगर[20] सरवरस्त[21] ताल[22] ॥ 32 ॥

ताउस[23] मोर बाशदो[24] दुर्राज[25] तीतरा[26] ।
ख़ूबो[27] निको[28] भलो व बदो[29] जिश्त[30] है बुरा ॥ 33 ॥

दैहीमो[31] ताजो[32] अफ्सर[33] दर हिन्दवी[34] मुकुट ।
जागे बुरीद: पर रा[35] तू जान काग कट ॥ 34 ॥

गैहानो[36] दहरो[37] गेती[38] दुनिया दिगर जहाँ ।
दर हिन्दवी[39] तू प्रिथ्मी संसार जग बेदाँ[40] ॥ 35 ॥

शबगीरो[41] लैल[42] शब[43] तू बेदाँ रात रैन निस ।
फ़ानीज़ो[44] कंदो[45] शकर गुड़ जान ज़हर बिस ॥ 36 ॥

---

1. जंघा 2. जंघा 3. होता है 4. हावभाव, गर्व 5. हड्डी 6. दीवाना, पागल 7. मदिरा, शराब
8. मद्य 9. लाल रंग की सुरा 10. सुरा 11. सुरा, मद्य 12. यदि तू उसकी मदिरा की एक घूँट
पिएगा, तो अच्छा काम भी बिगाड़ देगा 13. पताका 14. ध्वजा 15. बर्छा, एक प्रकार की ध्वजा
16. ढाल, कवच 17. है 18. नदी, कुंड 19. कुंड 20. दूसरा 21. सरोवर, ताल 22. तालाब
23. मयूर 24. हो 25. तीतर 26. तीतर 27. सुंदर, उत्तम, अच्छा 28. अच्छा, उत्तम 29. बुरा,
निकृष्ट, अशुभ, दुराचारी 30. निकृष्ट, हीन, बुरा 31. राजमुकुट 32. मुकुट 33. मुकुट, सरदार,
पदाधिकारी 34. हिन्दी में 35. पर कटे कौए का (जाग = कौआ, बुरीद: = कटा हुआ, पर रा =
पंख का) 36. संसार 37. संसार, युग, काल 38. संसार 39. हिन्दी में 40. तुम जानो 41. रात का
पिछला पहर, आधी रात ढलने के बाद 42. रात 43. रात 44. दावेदार 45. खांड, शक्कर, एक
प्रकार की मिठाई, मिस्त्री

जानो[1] रवान[2] जीव तनो[3] काल्बुद[4] कया[5]।
आदत चों[6] ख़ूए[7] सहज बेदाँ[8] आतिफ़त[9] मया[10] ॥ 37 ॥

दिल है हिया ओ ख़ातिरो[11] अंदेश[12] चीतना[13]।
मेह्मानो जैफ़[14] रा तू बेदानी के पाहुना[15] ॥ 38 ॥

उम्मुल किताब[16] फातिह:[17] अलहम्द[18] जाको नाँव।
उम्मुल कुरा[19] तू मक्का बेदाँ कर्य:[20] देह[21] गाँव ॥ 39 ॥

हिब्बी[22] गिरगिट कज़दुम[23] बिच्छु रासू[24] न्यौल।
सग[25] है कुत्ता माही[26] मछली लुक्म:[27] कौल[28] ॥ 40 ॥

दुश्मन बैरी कोस[29] दमाम:[30] बाराँ[31] मेह।
इश्क़ मुहब्बत आशिक़[32] मित्तर[33] जानी[34] नेह[35] ॥ 41 ॥

ताम[36] सवादो[37] तआम[38] ख़ुरिश जो कहिये खाना।
आलिम[39] दाना[40] हिन्दवी बोल जो कहिये स्याना ॥ 42 ॥

❑❑❑

---

1. प्राण, आत्मा, जीवन, शक्ति 2. आत्मा, जीवन 3. शरीर 4. शरीर, अस्थिपंजर 5. काया, शरीर
6. जो, यदि 7. स्वभाव 8. जानो 9. कृपा 10. ममता, अपनापन 11. विचार, हृदय, संस्कार, निमित्त
12. चिंता, शंका, भय 13. सोचना, चिंतन करना 14. आगंतुक, अतिथि 15. अतिथि 16. पुस्तकों
की माता (लाक्षणिक अर्थ *कुरान*) 17. 'फातिहा' नामक *कुरान* की पहली सूरत 18. अलहम्द
नामक *कुरान*, *कुरान* का आरंभ 'अलहम्द' नामक सूरे से हुआ है 19. पृथ्वी की माता (लाक्षणिक
अर्थ मक्का) 20. गाँव 21. गाँव 22. गिरगिट 23. बिच्छु (टेढ़ी पूँछ वाला) 24. नेवला, नकुल
25. कुत्ता 26. मछली 27. ग्रास 28. कवल, ग्रास 29. नगाड़ा, धौंसा 30. बड़ा नगाड़ा 31. वर्षा,
वर्षा जल 32. प्रेमी 33. मित्र 34. घनिष्ठ, गहरा (मित्र) 35. स्नेह, प्रेम 36. स्वाद 37. स्वाद
38. भोजन, खुराक 39. विद्वान, 40. बुद्धिमान

राजपाल एण्ड सन्ज़ की स्थापना एक शताब्दी पूर्व 1912 में लाहौर में हुई थी। आरम्भिक दिनों में अधिकतर धार्मिक, सामाजिक और देश-प्रेम की पुस्तकें प्रकाशित होती थीं और हिन्दी के अतिरिक्त अंग्रेज़ी, उर्दू व पंजाबी भाषा में भी पुस्तकें प्रकाशित की जाती थीं।

1947 में भारत-विभाजन के बाद राजपाल एण्ड सन्ज़ को नए सिरे से दिल्ली में स्थापित किया गया और साहित्यिक पुस्तकों के प्रकाशन का आरम्भ हुआ। रामधारी सिंह दिनकर, महादेवी वर्मा, बच्चन, अज्ञेय, शिवानी, आचार्य चतुरसेन, विष्णु प्रभाकर, राजेन्द्र यादव, मोहन राकेश, रांगेय राघव, कमलेश्वर और अन्य साहित्यिक लेखकों की कृतियाँ यहाँ से प्रकाशित होने लगीं। राजपाल एण्ड सन्ज़ से प्रकाशित *मधुशाला, कुरुक्षेत्र, मानस का हंस, आवारा मसीहा, कितने पाकिस्तान, आषाढ़ का एक दिन* जैसी पुस्तकें हिन्दी साहित्य की 'क्लासिक पुस्तकें' मानी जाती हैं और आज भी लोकप्रियता के शिखर पर हैं। भारत के राष्ट्रपतियों और प्रधानमंत्रियों की पुस्तकें प्रकाशित करने का गौरव भी राजपाल एण्ड सन्ज़ को प्राप्त है। नोबेल पुरस्कार से सम्मानित अर्थशास्त्री डॉ. अमर्त्य सेन की सभी पुस्तकों के हिन्दी अनुवाद यहाँ से प्रकाशित हैं। अन्तरराष्ट्रीय चर्चित पुस्तकों के अनुवाद, विश्वविख्यात कोशकार डॉ. हरदेव बाहरी द्वारा सम्पादित 'राजपाल' शब्दकोशों की शृंखला और किशोरों के लिए सैकड़ों पुस्तकें राजपाल एण्ड सन्ज़ से प्रकाशित हुई हैं।

पाठकों के स्वस्थ और सुरुचिपूर्ण मनोरंजन और ज्ञानवर्धन के लिए समर्पित राजपाल एण्ड सन्ज़ से हिन्दी और अंग्रेज़ी में पुस्तकें प्रकाशित होती हैं जो देश के सभी बड़े पुस्तक-विक्रेताओं और विश्व भर के ऑनलाइन विक्रेताओं के यहाँ उपलब्ध हैं।

राजपाल एण्ड सन्ज़

1590 मदरसा रोड, कश्मीरी गेट, दिल्ली-6, फोन: 011-23869812, 23865483
email: sales@rajpalpublishing.com, facebook: facebook.com/rajpalandsons
website: www.rajpalpublishing.com